メディアワークス文庫

私が大好きな小説家を殺すまで

斜線堂有紀

『憧れの相手が見る影もなく落ちぶれてしまったのを見て、「頼むから死んでくれ」と思うのが敬愛で「それでも生きてくれ」と願うのが執着だと思っていた。だから私は、遥川悠真《はるかわゆうま》に死んで欲しかった』

風変わりな遺書だと思った。流石《さすが》は小説家といったところだろうか。洒落《しゃれ》ている。最初に抱いた感想はそれだった。荒れた部屋、失踪した小説家、それにこのドキュメントファイルとくれば、なかなか良《い》い導入だと思う。ここまでお膳立てされていると、それはそれで何かのパフォーマンスに見えた。

「何か見つかったか？」

彼女を現実に引き戻したのは、同じ部屋にいた先輩刑事の一言だった。その一声がなかったら、彼女はいつまで経《た》ってもその一文から目が逸《そ》らせなかったかもしれない。単純な失踪事件に際して、上が二人組での捜査を命じたのはこういう事態を防ぐ為《ため》だろうか。こうした不可思議な現場には、妙な引力がある。

「それ、無事だったのか。これなら何か見つかりそうだな」

彼の目はさっきまで見ていたノートパソコンに向けられている。棚が折られ、テレビが割られ、家具という家具がひっくり返された部屋の中で、唯一無事なものだ。

「いえ。中身は殆《ほとん》ど消されています。残っていたのは『部屋』と題されたワードファイルが一つ」

「小説か？」

「わかりません。遺書かもしれません。……ともあれ、まずは実際の部屋を調べた方がいいでしょうね」

「こんな『見るからに何かあります』みたいな部屋、逆にわかんねえよ」

それでも、二人が向き合うべき場所はここしかなかった。豊島《としま》警察署捜査一課。厳《いか》めしい名前で割り開いたこの部屋が、事件解決への唯一の鉱脈だった。


小説家・遥川悠真が消えて二日が経った。どこから嗅ぎつけたのか、ネットニュースでは既に彼の謎めいた失踪で沸き立っている。曰《いわ》く、狂信的なファンに拉致されただとか、妙なカルトに嵌《は》まっただとか。こうして部屋が散々荒らされていることが漏れたら、それらの噂《うわさ》は更に加速するだろう。これから受けるだろう馬鹿げた質問を思うと、どうしても陰鬱な気持ちになった。

「既に遥川の件、噂になってるみたいですね」

「テレビ出まくってたからだろ。大人しく籠もって小説書いときゃよかったのに」

「そういうタイプじゃなかったんでしょう」

遥川の飄々《ひょうひょう》とした佇《たたず》まいを思い出しながら、彼女はそう呟《つぶや》く。遥川は、優雅な所作が嫌味なくらい似合う優男だった。

一昨日行われたファンイベントの直後、遥川は突然失踪した。連絡も全く取れず、編集者が部屋を訪れるも一向に出てくる気配がない。今までに無い事態に事件性を感じ取った彼女が警察に通報、この部屋に捜査が入った。そうして、この惨状に迎えられた。

一体あの男は何を考えていたんだろうか。荒れた家の中で、今更ながらそう思う。

「小説は顔で書くものじゃないですよ。ただ、彼のタレント性が人気の一因だったことは否定しませんが」

「まあ面も良かったしな」

あの優雅な佇まいと、今の部屋が上手《うま》く結びつかない。

「なんか胡散臭《うさんくさ》いんだよな。とんとん拍子に売れてた奴《やつ》ってのは」

「いえ、とんとん拍子というわけでは……彼にも不遇の時代はありました。デビュー作で持《も》て囃《はや》されて、それから二作目までは名前で売れたんですけど……三作目が、ちょっと。それから一、二年くらいぱったり書けなくなっちゃったみたいで、才能が枯れたって言われてたんですよ。でも、復帰してからは凄《すご》いスピードで新作を発表して……そして、今の地位があるわけです」

「はあ、なるほど」

「これで人生を投げ出したくなるのなら、人間はどんなに成功しても幸せになれないことの証明になるでしょうね。ところでイロの線は？　誰かしら決まった相手がいたんでしょうか？」

「俺《おれ》はいたと踏んでる……よくよく見りゃ、誰かいたような形跡があるだろ。冷蔵庫の中身には統一感がねえし、歯ブラシが二本置いてある」

「それじゃあ、同居している誰かがいた、と？」

「とっかえひっかえ女連れ込んでた可能性もあるだろ」

何しろ相手はそれなりに有名な小説家なのだ。そういう浮ついた話があってもおかしくない。

「ただ、一つ気になるところがある」

「何ですか？」

「……宅配便あるだろ」

男は苦々しくそう呟いた。

「ああ見えてプライベートでの交友関係は一切無いような男だったらしいからな。買い物すら専ら通販で済ませていたくらいだ。だから、奴と宅配の人間は殆ど顔馴染《かおなじ》みみたいなもんだ。多少担当が変わってもな。俺はその業者に聞いた。受け取ったのはいつも遥川本人だったか？　ってな。答えはイエスだ」

「それがどうかしたんですか？」

「誰かと住んでたのに、その同居人は、ただの一度も荷物の受け取りを行わなかった。それってどういうことだ？」

その辺りで察しがついた。宅配便にすら出ない同居人。それはつまり、同居人が人目に触れちゃいけないお相手だったというわけだろう。遥川悠真はその同居人を表に出したがっていなかった。それは何を意味するだろうか？

「……遥川が物凄《ものすご》く嫉妬深くて、宅配便にすら出したがらないくらいで囲ってたのかも」

「そんな男がいたら怖えよ」

小さく呟きを漏らしたことで、一層不気味さが増した。

「あとは……寝室ですか？」

「そうだな。そっちの奥にある」

広い寝室には、ベッドくらいしか置かれていなかった。破壊の跡が見られないのは、単に物が少ないからだろう。ベッド脇のサイドテーブルには埃《ほこり》が積もっていた。

取り残されたような寝室の中で目をつけたのは、隅にあるウォークインクローゼットだった。別にそこに禍々《まがまが》しさを感じたわけじゃない。失踪するにも準備が必要だろう。だから差し当たって、持ち出された衣類や引き出されたキャリーケースの跡を見つけようとしたのだ。

しかし、求めていたものは何一つ見つからなかった。代わりに目に飛び込んできたのはそんなものじゃない。そんな、容易に期待出来るようなものじゃなかった。

「あの、これ、見てください」

確かめるように、彼女が言う。

ウォークインクローゼットの中は、広く見積もっても一畳程度しかないだろう。その限られた空間の内側に、びっしりと紙が貼り付けられていた。これがお札だったら、ストレートな事故物件に見えたかもしれない。でも、そうじゃない。貼られている紙はA4サイズで、打たれた文字は縦書きだった。

「……何だこりゃ、何のおまじないだ？」

「〝『具体的にはどんな方法にするの？』という言葉が、少し遅れて届く。彼女と僕との距離は馬鹿みたいに遠いのだ。何せ彼女の居場所は月のそのまた先なのだから〟」

涼やかな声が、淀《よど》みなく一文を読み上げる。

「これ、小説ですね。……誰が書いたものかはわかりませんが」

「遥川だろ。小説家なんだから」

「クローゼットの中に自分の小説を貼り付ける小説家がいるとでも？　それに、見てくださいよ」

貼り付けられた小説に気を取られていたが、クローゼットの中身はそれこそ異様だった。

狭い床に置かれた赤いランドセル。クローゼットに掛かったブレザー。子供用の洒落た赤いワンピース。それに、ブラウスが数着と、サイズの小さいダッフルコート。

遥川悠真が三十代の成人男性であることを考えると、あまりそぐわない中身だった。

「……女装趣味？　いや、ロリコンか？」

「そのランドセルや赤いワンピースなんかは小学生のものに見えますが、掛かっているブレザーは制服でしょう。中学か、高校か……。年齢の幅があまりに広い」

真面目な顔をして、彼女は言う。単なる嗜《し》好《こう》品だとするには、それらの服は縒《よ》れている。コレクションにしては生々しい。生活感のある所蔵品だ。

唯一、紙で覆われていない右側の壁には、ボール大の黒ずみがあった。誰かの影がそのまま残ったような、奇妙な黒ずみだ。コピー用紙に囲まれたクローゼットの中で、その染みは殊更に目立つ。

「何だこれ」

「わかりませんか、この位置」

そう言って、彼女はクローゼットの中に入った。小柄な女一人でも、クローゼットの中は一杯になってしまう。誰かの衣服に囲まれたクローゼットの中に腰を下ろし、膝を抱えた。壁を背もたれ代わりにした辺りで、事態が飲み込めた。黒ずみの位置は、彼女の頭と大体同じ位置にあった。

「……ここに居た人間は、こうして、この位置に座っていたんですよ。それも、ずっと長い間。そうじゃなきゃこんな跡は付きません」

淡々とした声だった。足すらまともに伸ばせない場所に座りながら、まっすぐに外を見る。

ここに人間がいたなんて信じられない。いるだけで息苦しくなるような場所に、こうして誰かの影がある。

この位置に座るとまた別の小説の断片に迎えられた。『……とある小説でさ、戦車の前に生身で飛び込んだ催眠術師の話が出てくるんだ。彼は結局、争いを止めること も出来ずただ死ぬんだけど、』『英華《えいか》はそのまま消えてしまいたいとすら思った。けれ ど、彼女の足元にまだ穴は訪れない』『その時、百六十二番目の名弥子《なやこ》が生まれた』 ……。クローゼットの限られた空間に、バラバラの物語が詰め込まれている。どれ一 つとして繋《つな》がっていない、ただの断片だ。それぞれの小説がまともに完結しているか も怪しい。

それらの小説をしばらく眺めてから、ようやく彼女はクローゼットを出た。そこか ら出ただけで、途方もない解放感がある。懺悔《ざんげ》室のような空間だ、と思う。

「お前よく平気だな。あんな染み触りたくもねえわ」

「私だって平気じゃないですよ。でも、入らなくちゃわからないこともありました」

荒れた部屋。失踪した小説家。奇妙なクローゼットに残る人間の跡。それでいて、 同居相手のことが全く出てこない部屋。ややあって、言う。

「遥川は誰かと同居はしていなかったのかもしれません」

その言葉の意味するところは明らかだった。

「……だからって、売れっ子小説家が監禁事件か？　ふざけた話だな」

「クローゼットの中身見たでしょう。ランドセルもありました。子供用のワンピースも。それに、ブレザーも。クリーニングには出されていましたが、最近袖を通した形跡はありません。あの服の持ち主は、成長しているんです」

「困ってたっていうのか？　子供がいるって話は聞かねえが」

「そうですね。遥川は未婚のはずですから」

スキャンダラスな話だった。狂信的なファンやカルトよりも、ずっと危うい話だった。

少しの陰りもないような華やかなタレント小説家が、ここで人間を飼っていた可能性。

「……遥川を引っ張るか？」

「本人がいないんじゃ意味がありませんよ。それに、この部屋にいるはずの誰かもいません」

あのクローゼットの中を見る限り、遥川とその誰かは一定の共生関係にあったように見える。クローゼットには鍵がついていなかった。それでも、その誰かはあの場所に留まり続けたのだ。

この二人の関係が崩れるとしたら、一体その原因とは何だったんだろうか？

「じゃあ結局何にもわかんないのか？」

「さっき、妙な文章があったって言ったでしょう。まだ読んでいませんが、何かの手掛かりになるかもしれません」

これ見よがしに荒らされた部屋の中で、唯一無事だったもの。誘導されている気はしなくはなかった。ヘンゼルが落としたパン屑《くず》のように見えるのが、彼女にはちょっと気に食わない。それでも、辿《たど》る先はそこしかなかった。

「それ、俺のタブレットに送れるか？　同時に読んでった方がいいだろ」

「はい」

先輩刑事の言葉を受けて、カーソルを動かす。この小説をコピーすることに抵抗を覚えたけれど、結局は言われた通りにした。その時に、その一文が目に入る。

——だから私は、遥川悠真に死んで欲しかった。

これは一体誰の小説なんだろうか？

「部屋ってのは誰の部屋なんだろうな。あの呪いのクローゼットか？」

「あれが部屋に見えますか？　小屋が良いところですよ」

嫌な予感はしていた。この小説を読むことで、きっとこの失踪事件には余計な意味がついてしまう。それでも、読む以外に選択肢が無かった。

そのまま黙って目を落とす。残されたそれは、読み解かれるのを待っていた。

1

憧れの相手が見る影もなく落ちぶれてしまったのを見て、「頼むから死んでくれ」と思うのが敬愛で「それでも生きてくれ」と願うのが執着だと思っていた。だから私は、遥川悠真に死んで欲しかった。

私の神様は、ずっと死に損ね続けていたのだ。我ながら、酷《ひど》いことを思うものだ。けれど、それが私の本当だった。それだけが私の本当だった。

私が犯した罪の話をする為には、やはり六年前から始めなくちゃいけないだろう。あの頃は私も単なる小学生だった。そして、先生は誰よりも美しい小説家だった。

その頃、私の拠《よ》り所《どころ》といえば誰にでも開かれている学校図書室だった。放課後になると、私は決まってそこで過ごしていた。

『隠れキリシタン達《たち》は聖書を所持することは出来ませんでした。その代わり、彼らはそれらを覚え、口伝えにそれを伝えることで、拠り所としていました』

そこまで読んだところで、五時を告げるチャイムが鳴った。折角だからキリの良いところまで読んでしまいたかったけれど、このチャイムと一緒に図書室を出ないと家に間に合わない。名残《なごり》惜しいけれど本を閉じて棚に戻した。

「読み切れなかったら借りていってもいいのよ」

それを見た司書さんが困ったように私に言う。無駄だとはわかっていても言わずにはいられない、というような感じで。

「幕居《まくい》さんは難しい本も読んでるから。家に帰ってじっくり読みたいんじゃない？」

その声があんまりにも優しいので、なんだか申し訳ない気持ちになる。

「すいません。……家では読んでいる時間が無くて」

「習い事か何か？」

私は曖昧に頷《うなず》いてから、手首に付けられたぶかぶかの腕時計を確認する。五時三分。まだ余裕があるけれど、何かトラブルが起こったら遅れてしまうかもしれない。

「ありがとうございました」

「あ、そうだ。遥川悠真の新作出るらしいわよ」

楽しそうに司書さんが言う。

「『遥《はる》かの海』、覚えるほど読んでたもんね。好きなんでしょ？」

私が何度も何度もその本を棚に返すところを見ていたのだろう。あるいは、陶然とした顔で繰り返し読んでいるところも。その遥川悠真の二作目が出る。それだけで、心臓が痛くなるほど高揚した。

「本当ですか？」

「その時は貸出カードを作ってあげる」

司書さんが笑顔で言う。はっきり断ることも出来ないまま、図書室を出た。

小学校から家まではそう遠くない。十五分あれば着いてしまう。夕焼けを浴びながら、古びたアパートの二階に上がる。そして、玄関の前に立った。

そこでもう一度腕時計を確認する。五時二十七分に着いてしまったので、玄関の前で少しだけ待った。遅れてもいけないし、早くてもいけない。五時三十分ぴったりになった瞬間扉を開けると、玄関で待っていたお母さんが、淡々と言う。

「おかえりなさい、梓《あずさ》」

「……ただいま、お母さん」

「十五分」

「はい」

食卓の上に載っているのは、スーパーの袋に入ったままの菓子パンだった。何個か入っているその中から、メロンパンとチョココロネを選んで時計を見る。いただきます、と言ってからすぐに食べ始めた。十五分は短い。少しでも迷っている時間は無いのだ。

食べ終わったら、五分の休憩を置いてお風呂の時間になる。二十分間で身体《からだ》と髪を洗い、六時半までに着替える。そして、七時までに明日の学校の用意を済ませて、和室の前の押し入れに立つ。

「早くして」

お母さんに言われる前に、私は既に待機している。けれど、お母さんにはそれが見えていないのかもしれない。お母さんが押し入れの襖《ふすま》を開ける。私は何も言わずに、その中に入る。お母さんがランドセルと私の靴を押し入れに入れて、そのまま襖を閉めた。私の視界は暗闇に覆われ、何一つ見えなくなる。

午後七時から朝の七時まで、私は暗闇の中に閉じ込められる。私が小学校に上がる頃から、ずっとこの習慣は続いてきた。

暗闇で息を潜めて、お母さんが開けてくれるまで、出てきてはいけない。時間に遅れてはいけない。それが私とお母さんのルールだった。

暗闇の十二時間が始まる。

こんな早い時間に眠くなるはずがない。けれど、お母さんの決めた時間は絶対だった。私はどうにかしてこの暗闇と仲良くするしか方法が無かった。私が読書と出会ったのは、頭の中で出来る遊びを一通りやり尽くし、眠り続けることに限界を感じ始めた頃だった。

放り込まれる暗闇の中で、灯台になるものを見つけた気すらしていた。

「……〝彼らはそれらを覚え、口伝えにそれを伝えることで、拠り所としていました〟」

今日読んだばかりの一文を、小さな声で呟く。

私が貸出カードを作ることは一生無いだろうな、と思う。

暗闇の中では本が読めない。だから、私は図書室で読んできた本を繰り返し反芻《はんすう》した。明るい内に読んだ本を道標《みちしるべ》にして、暗闇の中を歩いていくように、読んだばかりの文章で遊ぶ。

この家には本は一冊も無い。けれど、私の頭の中には私の為だけの本棚があった。お気に入りの本をこうして私だけの書棚に入れておけば、暗い場所でも私はそれを好きに読むことが出来た。隠れキリシタンの記述に目を奪われたのは、私との近似を感じたからかもしれない。

今日読んだ本の反芻をしようと思ったのに、私の心は遥川悠真の新刊に寄っていた。先生の新刊が出る。

遥川悠真の小説は、心の本棚の中でも一番目立つ場所に置いてある。繰り返し読み過ぎて、もうすっかり装丁の感触すら覚えてしまった。箔押《はくお》しされた『遥かの海』の文字に想像の中で触れると、何かに包まれているような気持ちになった。

何度も読んだ物語を、心の中で繰り返す。もうすぐこの特別な場所に、もう一冊が加わるのだ。

押し入れの外からは声が聞こえる。私と居る時とは全く違ったお母さんの声がする。私の知らない誰かを家に呼んで、私の知らない話をする。午後七時からは他人の時間だった。スケジュール管理のきちんとした人だった。私をこの中に入れた後のお母さんは、その役目をすっかり忘れてしまったかのように笑うのだ。

やがて朝になると、お母さんは襖を開ける。暗闇の中に光が差して、お母さんがいつものようにそこに立っている。

「梓。十五分」

時計と一緒に一日が始まる。十五分以内に支度をして学校に行く。ここに入る。

退屈ではないといえば嘘《うそ》になる。平日は十二時間、休日は決められた時間以外は殆ど一日、私はその押し入れの中にいた。お母さんの決めたルールに例外は無い。以前勝手にトイレに立った時には、酷いお仕置きを受けた。自分より小さなケージに入れられるところを想像出来るだろうか？　その時はサリンジャーも、遠藤周作《えんどうしゅうさく》も、遥川悠真も私のことを助けてはくれなかった。

私は暗闇の中でただ身を潜める。けれど、頭の中に浮かぶ情景や文字列は、暗いところでも輝きを失わない。

それさえあれば私は立ち続けていられるだろう。そう思っていた。

けれど、そんな考えを崩したのもまた、遥川悠真の小説だった。


「はい、これ」

とっておきの宝物でも渡すように、司書さんが一冊の本を手渡した。星座をモチーフにした綺麗《きれい》なタイトルロゴがよく目立つ。

「本当はまだ書棚に卸してもいないんだけど、幕居さんに一番に読ませてあげたくて」

その本は、遥川悠真の二作目『天体の考察』だった。

「……その、私、借りられない……」

「大丈夫。読みたいんでしょ？　こっちで貸出処理はしておいてあげるから」

そういう意味じゃなかった。私に家で本を読む時間は無い。でも、目の前にあるのは、あの遥川悠真の新作なのだ。どうしても読みたかった。もし、この本を貸してもらえたら、夜は読めなくても、朝、学校へ行く時間や休み時間に読むことが出来る。それに気付いた瞬間、ぶわっと自分の顔が赤くなるのがわかった。

結局私は遥川悠真の新刊を持って帰った。司書さんの嬉《うれ》しそうな笑顔が忘れられない。時間は五時十一分になっていた。私は教科書の隙間に『天体の考察』を滑り込ませ、走って家に帰った。その本は〝家に余計なものを持ち込まない〟というルールを破らせるだけの魔力を持っていた。

けれど、その浮かれた気持ちを後悔する機会はすぐに訪れた。

七時になり、いつものように私が押し入れに入ると、追って靴やランドセルが乱雑に投げ込まれる。私はそれに当たらないように奥の方に居るから、襖が閉められるまで〝そのこと〟には気付かなかった。

暗闇の中でランドセルを漁《あさ》り、『天体の考察』を探す。読めなくても、あの本を傍《そば》に置いておきたかった。そして、艶《つや》めいた表紙に手を触れて、その中にどんな物語が書かれているのかを想像するのだ。

けれど、いくら漁っても『天体の考察』は見つからなかった。

投げ込まれる時に落としたんだ、ということには容易に想像がいった。きっとあの本は押し入れの前にひっそりと転がっていることだろう。でも、ここに入ってしまった以上、私はそれを拾い上げる術がなかった。

お母さんに見つかったらどうなるだろう。一体何が起こるのだろう。あらゆる嫌な想像が頭を巡る。見つからない、なんてことはあるだろうか？　けれど、それを願うにはあまりに綺麗過ぎる装丁だった。あれが誰にも見つからないなんてことがあるはずがない。

やがて、その時が訪れた。畳を踏む誰かの足音。誰かが押し入れの前で立ち止まる気配がした。

「なんだこれ、小説か？」

揶揄《からか》うような男の人の声がする。今までに何度か聞いたことのある声だった。何度かこの家に来たことがある人なのだろう。お母さんが媚《こ》びたような笑い声を立てる。少しも楽しそうじゃない笑い声だった。

「お前、こんな文字の多い本読めんのかよ」

男の人の声を聞きながら、私は密《ひそ》かに緊張する。お願いだから、本をひっくり返したりしないで欲しい。あの本の裏側には『曽野里《そのざと》小学校図書室』というラベルが貼ってある。そうしたら、私がここにいることがバレてしまう。そうしたら、一体どんな目に遭わされるだろうか。

やがて、本が畳に落ちる鈍い音がした。

そこからはよくわからない。お母さんと男の人が何かを話す。不自然な笑い声が辺りに響く。その間、私は眠ることも出来ずに震えていた。

どれくらい経っただろうか。不意に襖が開いて、私は勢いよく外に引きずり出された。

暗闇に慣れた目の所為《せい》で、お母さんの表情がよく見えない。私の目に焼き付いているのは、青紫色の夜空が描かれた『天体の考察』の表紙だった。

「これ、あなたが借りてきたの？」

まともに話せなかった。お母さんの手の中にあるその本は、殆ど恐怖の対象でしかない。

「遥川悠真。……こんな文字でいっぱいの本、読むんだ」

吐き捨てるようにお母さんが言う。そして、震える私を余所《よそ》に、流しに向かった。バン、と音を立てて本が叩《たた》きつけられる。そして、お母さんはその本に火を点《つ》けた。焦げ臭い臭いが辺りに撒《ま》き散《ち》らされて、気分が悪くなる。

星座を模した美しいタイトルロゴはもう影も無かった。それを見て、一瞬だけ泣き喚《わめ》きたくなる。そんなことをしたらおしまいだと分かっているからこそ、どうにか留まることが出来た。

「ねえ、梓」

振り返るお母さんの顔は、今まで見たことの無いような笑顔だった。

「本屋さんに連れて行ってあげる。誕生日プレゼント、まだあげてなかったもんね」

私の誕生日は随分前に過ぎていた。それでも、私は何一つ言葉を発せられない。

お母さんが私の手を引き、外に出た。部屋着のまま外に出るのも、昼間からお母さんと出歩くのも初めてのことだった。そのままお母さんは、近くにある大型書店に入る。開店したばかりの店内には、お客さんが殆どいなかった。

遥川悠真の新刊は、一作目の『遥かの海』と併せて、大きく展開されていた。積み上げられた著作の上で〝待望の新刊〟の文字が躍る。

「いいのよ、梓。本が欲しいのよね？」

熱っぽくそう呟くお母さんの声が、今でも耳に残っている。

「時間を計るわ」

「お、母さん」

「五分」

あまりの残酷さに身が凍るようだった。心を完璧に折ることの出来る、独創的な罰だった。五分という制限時間が、長いのか短いのかすらわからない。背中を押された瞬間、私は駆け出す。

自分でも器用だったと思う。私は一冊の本を、誰からも咎《とが》められることなく盗んでのけた。

手に持った小説は、失《な》くした『天体の考察』じゃなく『遥かの海』だった。頭の中で繰り返し手に取っていたからだろうか、私の手は吸い寄せられるようにそれを盗《と》っていた。

「三分二十八秒」

お母さんは短くそう言った。

それから、私とお母さんは一言も発さなかった。私は家に帰ると、何かを言われる前に押し入れの中に入った。腕の中には『遥かの海』があった。今までずっと、この本を手に入れるのを夢見ていた。それなのに、暗闇の中でこの本は少しも私を導いてくれることはなかった。

次の日の朝になっても、お母さんが襖を開けてくれることはなかった。聞こえてくる音から朝が来たのが分かっても、私はそこから出られなかった。こんなことは今まで無かった。お母さんの決めたルールは、お母さん自身も破らないのが常だった。

けれど、それから更に数時間待っても、襖が開かれることは無かった。トイレに行きたくなり、仕方なく自分から襖を開けた。時刻はお昼を回っていた。

お母さんはいなくなっていた。

テーブルの上にはいつも通りの菓子パンと、封筒に入った纏《まと》まったお金があった。今までこんなことはなかった。お母さんはいつでもここで、私を監視しているはずだった。

菓子パンを食べ、私はひっそりと押し入れに戻る。けれど、それから二日経っても、お母さんが帰ってくることはなかった。

こうして、私を縛る枷《かせ》は、あっさりと解かれてしまった。陽が落ちても、私のいる世界は明るい。陽が落ちても、私のことを追い立ててくれる人はいなかった。私を暗闇に戻そうとしてくれる人はいなかった。

私は失敗したのだ。

お母さんがいない部屋でも、私は自分から押し入れに入り続けた。それを止めたのは、三日目だった。ここ数日、私は押し入れに入らず、明るい部屋に居続けた。それでも、私に罰は下らない。

一人になった部屋で、私は『遥かの海』に向き合う。

自分が盗んだそれは、自分の記憶の中の本よりもずっと美しかった。中身なら一語一句覚えている。何しろ暗闇の中で、この小説は私の道筋を照らす灯台だった。けれど、明るいこの部屋で、その小説は単なる本でしかなかった。

流しには焼けた『天体の考察』が残っていた。思えば、あの小説が全ての引き金だった。あれに手を伸ばしてしまったからこそ、私の世界は脆《もろ》くも崩れ去ってしまったのだ。そう思うと、その本が忌まわしいものにすら見えた。

唯一好きだったものが、支えであってくれたものが、目の前で段々と精彩を欠いていく。それは、今まで味わったことのない恐怖だった。私の存在自体もぼろぼろと崩れていくような感覚だ。止めたいのに止められない。

崩壊を防ぐ為に出来ることは一つしかなかった。私は決意を固める。ランドセルを背負って、そのまま外に出た。茜色《あかねいろ》に染まる空は、私のタイムリミットを示す指標だった。本当はこの色に合わせてお母さんの元に帰らなくちゃいけないはずだ。けれど、私はまるで反対の行動に出る。

腕の中には『遥かの海』を抱いて、私は近所にある踏切《ふみきり》へと走って行った。この期に及んで、私はその小説だけは捨てられずにいたのだ。

死のうと思った。

言葉にしたらどれほど陳腐な話だろう。ただ、それだけが、あの時の私に唯一選べる選択肢だった。私が好きなものを好きでいられる内に、ここで終わらせるしかなかった。

カンカンと音を立てる踏切の前で、私は列車を待つ。自殺については詳しくないけれど、ここに飛び込めば死ぬということくらい、どれだけ想像力が無くてもわかる。

何本の列車を見送っただろうか。死のうという気持ちは本物なのに、私の足はなかなか動かなかった。一歩踏み出せば越えられるその一線が遠くて、自分の靴をじっと眺める。列車が来る。

次こそは死のう、次こそ飛び込もう、次こそ、と小さく寿命をカウントしていく。

腕の中の本を抱きしめる。

その時だった。

「ちょっといい？」

踏切の向こうから、涼やかな声がした。足元ばかりを見つめていた私の目が、踏切の向こうに向けられる。

そこには、一人の綺麗な男の人が立っていた。

生活の淀みから抜け出してきた私には想像もつかないほど、彼の姿は洗練されている。特別なものを身に着けていたわけじゃない。何の変哲も無い白いタートルネックと、黒いスラックス。そのスラックスからは、子供の私よりもずっと白い足首が覗《のぞ》いていた。

どこか別の世界の生き物が、踏切を挟んでひょいっとそこに現れてしまったような、場違いな美しさがそこにあった。不適切だな、と私は反射的に思う。

白い息を吐き出しながら、彼は私のことを見つめていた。困惑と憐憫《れんびん》と不遜さを混ぜた奇妙な笑顔で。ややあって、彼が言った。

「迷惑なんだよね」

「……え？」

てっきり説得されると思っていたので、向けられた言葉に驚いた。きっとこういう時は『自殺は良くない』とか、『命は大切に』とそういう言葉が来る場面だろうに。彼はその全てを裏切ってみせた。

「迷惑って、何でですか」

「俺ね、その本の作者なんだよ」

初めは何を言っているのかわからなかった。彼が焦《じ》れたように私の胸元を指す。そして、微笑《ほほえ》みながらもう一言。

「ね、凄いと思わない？」

そこでようやく思い至った。私の胸元には『遥かの海』が抱かれている。戸惑いながら作者名を確認した。遥川悠真。はるかわゆうま。その洒落た名前が、目の前の人にはよく似合っていた。

私は軽く息を吐いて、丁寧に言った。

「……すごい、です」

「でしょ？」

「あの、…………遥川、先生なんですか？」

「そうなの。俺がその、遥川先生」

軽やかに『遥川先生』が笑う。

「だから、俺の本持って死なれると困るんだよ。クソマスコミが騒ぐじゃん。子供に悪影響だとか、小説の所為で人が死んだとか。んで、皆馬鹿だからさ、販売停止とかになんだよ。馬鹿だよな。小説なんかにそんな影響力あると思ってんのかよ、って。だったら世の中もっとよくなってるっつーの」

遥川先生は一人でそうまくしたてると、にっこりと笑った。

「君もどうせ小説が原因で死ぬわけじゃないんでしょ？」

「……その、」

「それか、その本俺に渡してくれる？　そしたら別に死んでもいいよ。そうしたらもう関係ないし。ほら」

苛立《いらだ》たしげに言われたその言葉を受けて、反射的に『遥かの海』を強く抱きしめた。これさえ手放してしまえば、私はこうして引き留められることもない。遥川悠真の関心は腕の中の小説に注がれている。自殺した小学生の血を浴びた呪われた小説になりかけている小説に。

「嫌なら変なこと考えないでさっさと帰りな。もうすぐ暗くなるよ」

先生の言う通りだった。時刻は四時半になろうとしていた。このままここに居れば、私の知らない夜が来ることだろう。

「……帰れないの？　それとも帰りたくないの？」

私の反応を見て、先生は何かを察したようだった。伸びていく影を見ながら、私は黙っている。どう答えていいか分からなかった。帰る場所ならある。けれど、それは本当に私の居場所だったんだろうか？

置き去りにすることも出来た。こんな子供に構わないで、さっさと立ち去ることも出来たはずだ。それでも、先生はどういうわけだか、その言葉を口にしてしまった。

「うちに来る？」

踏切は隔てたままだった。カンカンとさっきから何度も聞いていた音が鳴る。目の前の人が本当に、憧れの小説家なのかもわからない。それに、彼の誘いに乗って、どうなるのかもわからない。

けれど、気付けば私は踏切の向こう側に立っていた。さっきまであれだけ踏み出せなかった一歩が嘘みたいだった。

先生は私のことを一瞥《いちべつ》して、すたすたと勝手に歩き出す。全く合わない歩幅の相手を、私は必死に追いかける。

それが私と先生の出会いだった。この長い長い殺人の、最初の一歩だ。

2

先生のマンションは、私のアパートからそう遠くないところにあった。けれど、グレードは全く違う。雲を割くように聳《そび》え立《た》つそれが何階建てなのか、すぐにはわからない。光に満たされたエントランスで、私は誰かに見咎《みとが》められないか心配だった。場違いなものは罪だ。

先生は私に気を遣うことなく、すたすたとエントランスの中を進んでいく。何箇所かある自動ドアに鍵をタッチする先生は、背後を振り向くこともない。最上階の角部屋に辿り着くと、先生はそのまま扉を開けた。不用心なことに、そのまま開け放して出歩いていたらしい。「お邪魔します」と、小さく言って、私も中に入る。

「そこ座ってて。お腹《なか》すいただろ」

言われるがまま、私は大きなダイニングテーブルについた。天板の半分が本や空のペットボトル、それに大量の紙の束で埋まっていた。クリップで留《と》められたそれの正体が、当時の私にはわからなかった。

「冷凍チャーハンしかないや。それでいい？　あ、おかず系とかならあるか……何か好きな食べ物とかある？　食べられないものは？」

「あっ、いえ、特に無いです」

「どっちがだよ」

そう言って、先生は冷凍チャーハンをざらっとフライパンに空け、ＩＨの電源を入れた。その間私は、密かに先生の部屋を観察した。

広い部屋の床に、直接物や段ボールや本が積まれている。片づける暇が無いのか、それとも単に無精なのか。そして、何より目を惹《ひ》いたのは、床に散らばる夥《おびただ》しいほどの原稿だった。

誰かと誰かの会話が見える。どこかを切り取った風景描写が読み取れる。テーブルからではちゃんと読めなかったけれど、部屋は小説に塗れていた。繋がっているものなのか、あるいは一枚一枚が独立した話なのかもわからない。バラバラになったページに交じって、同じような紙の束が落ちていた。あれも小説なのだろうか、と思う。

それなら、テーブルのもそうなのだろうか？

そうこうしている内に、先生がチャーハンを持って戻ってきた。

「何見てんの？」

「す、すいません」

「ま、見られて困るもんなんてそんな無いけど」

小説塗れの部屋の中で、先生は事も無げにそう言った。小説が撒かれた部屋で、一体どれが見られて困るものなのかすらわからない。

「ところで名前何て言うの？」

「……幕居梓です」

「梓ちゃんね。なるほど」

「あの、貴方《あなた》は……遥川、先生ですか？」

「まあね。本名だから、そのまま遥川先生でいいよ。先生だけでもいいし」

「先生……」

先生がそれを聞いて、手に持ったスプーンをざっくりとチャーハンの山に突き立てる。チャーハンをやる気なく口へ運ぶ度、取り返しのつかない量の米粒がテーブルに落ちていった。

どうしていいかわからず、とりあえず私もチャーハンを食べ続ける。お互いの皿が空になってから、ようやく私は口を開いた。

「あの、遥川先生は、どうして私を助けてくれたんですか」

「助けてないけど」

果たして、シンプルな回答だった。私が確かめるようにそう呟くと、ふと、先生が思いつめたような顔になった。我に返ったとでも言わんばかりの表情の変化だった。実際に、先生はあそこで正気に戻ったのかもしれない。一転して気まずそうな表情になった先生が呟く。

「……にしてもさ、何やってんだろうね、俺」

「……ごめんなさい」

「いや、君は悪くないんだよ。ただ、本当はこんなことするべきじゃない」

「どういうことですか？」

「どんな理由があっても、君みたいな小さい子を家に招き入れたら犯罪なんだよ。本当は然《しか》るべきところに送らなくちゃいけないし、助けるっていうなら他にいくらでもやり方があった。……君を助ける気があるのなら」

その時の私には、先生が苦々しくそう呟く意味が全く分かっていなかった。私をここに迎え入れてくれた先生は紛れもなく良い人で、私を助けてくれたのだと、そう無邪気に信じていたのだ。

「それで、どうして死のうとしてたの？」

義務感を滲《にじ》ませた、淡々とした尋ね方だった。

そして私は促されるまま、自分に降りかかった全てをぶちまけた。

今まで自分の世界を取り囲んでいた不幸は、ダイジェストにすれば五分程度に収まるものだった。私はとにかく、目の前の先生に飽きられないようにただただ語った。

先生はその全てを聞き終わるまで、相槌《あいづち》すら打たなかった。

「……よく頑張ったよ。可哀想《かわいそう》だったね」

そうして、出た言葉がそれだった。シンプルな感想だった。

ストレートに言われると、反応に困った。先生の方も、不幸の塊を前にして距離を測りかねていたのかもしれない。

それでも、そう言ってもらえて、何故《なぜ》か私は安心した。納得した、というような気持ちの方が強いかもしれない。私はあれを可哀想だと思って良かったのか、と思うと気持ちが少しだけ楽になった。暗い場所にいた自分が報われたような気分ですらあった。

でも、私はそれを伝えられるだけの言葉を持っていなかった。泣きそうな気分で黙っている私に、さっきより少しだけ優しい声で、先生が言う。

「俺の小説面白かった？」

「お……面白かったです！　遥川先生の小説、凄く……。あの、『遥かの海』……凄く、好きで」

「はは、お世辞が使える子でよかった」

「嘘じゃないです！　……『見たことがないものがあるっていうのは、これから見に行けるってことなんだよ。君にとっての遥かの海は、そういうものだったんだ』」

私は咄嗟《とっさ》に頭の中の本棚から『遥かの海』を取り出すと、好きな一文を諳《そら》んじた。頭の中で繰り返したその一節は、実際に口にしてもよく馴染む。暗唱されるとは思っていなかったのか、先生は面食らったような顔をして、言う。

「……記憶力いいね」

「何度も読んだんです。暗闇の中の本棚で、この本が私を助けてくれました」

心の底からの言葉だった。頭の中の聖書と同じで、先生の小説は私の中の拠り所だった。

「だから、お世辞じゃないです」

それを聞いた瞬間、先生が何故か泣きそうな顔をした。次の瞬間には、突き放すような薄ら笑いに戻っていたから、そんな顔を見せるつもりじゃなかったのかもしれない。

「書き手冥利に尽きるよ。どうも」

わざと突き放すような口調で、先生が言う。

それきり沈黙が落ちた。窓の外はもうすっかり暗くなっている。雨の日でもないのに窓の外が真っ暗なのは新鮮だった。それを見てぼんやりと、押し入れの中も外も変わらないのかもしれない、と思う。

「……どうする？　帰るなら送っていくけど」

私が小さく首を振ると、先生は一層困った顔をして、それでもそれを受け入れてくれた。正確に言うと、泊めてくれたというのも正しくないかもしれない。全部を話し終えた安心感なのか、私はそこから一歩も動けなくなってしまったからだ。くたりとテーブルに突っ伏した私を、先生が慌ててソファーに誘導する。

「大丈夫だから、今日はおやすみ」

リビングの電気を落とした先生が、そう言って離れようとする。それを引き留めるように、私は小さく言った。

「待ってください、待って……」

暗闇の中で先生が振り返る。

鬱陶しがることも疎ましがることもなく、先生がこちらへ戻ってくる。そして、私が居るソファーの横に座った。

「……昔々、あるところに女の子がいました」

正統派な書き出しだった。囁《ささや》くような小さな声で、先生が語る。『遥かの海』でも『天体の考察』でもない物語だ。

先生は私が寝つくまで、床に座ってずっと、即興で寝物語を聞かせてくれた。少しだけ緊張した、低く優しい声が暗い部屋に響く。

あれだけ先生の物語を記憶に刻んでいた私なのに、この時の物語だけはよく覚えていない。面白い物語だった。聞いていて安心する、優しい物語だった。けれど、あの書き出しの続きが、今ではどうしても思い出せない。

私は先生の物語を聞きながら、ようやく安心して眠った。夢の一つも見ない眠りだった。

翌朝、光の中で目覚めたことに驚いた。襖を開けなくてもやってくる朝に、少しだけ戸惑う。

先生はソファーを背もたれにしながら、床で眠っていた。一体どれだけの間そこにいてくれたんだろう？　しばらくその横顔を眺めていると、先生も遅れて目を覚ました。

「……梓ちゃん、起きたの」

「あ、はい……おはようございます」

「おはよう」

そう言って、先生が小さく笑う。それを見た瞬間、恐ろしくなった。明るい部屋も、穏やかに迎えた朝も、全部が恐怖の対象だった。

「……あ、その、すいませんでした。私、か、帰ります」

向き合う現実が怖くてたまらなかった。だから、私の方から切り出した。引き寄せたランドセルは教科書分の重みがして、私を現実に引き戻す。こんなことは今日限りだ。

「本当に、本当……嬉しかったので、もう大丈夫です。遥川先生に会えて良かったです、凄く」

テーブルに置いてあった『遥かの海』を摑《つか》んで、逃げるように玄関に向かった。感傷に追いつかれて動けなくなる前に、私は私をどうにかしなければいけなかった。それなのに、扉を開けて冷たい空気を吸い込むと、やっぱり泣きそうな気持ちになる。

ここを超えれば、また変わらない朝だ。

後ろ髪を引かれるようだったことは認めよう。それでも、本当に自分の身体が後ろに引かれた時、私は信じられないくらい驚いた。ランドセルを引っ張りながら憮然《ぶぜん》とした表情をする先生のことも、殆ど他人事《ひとごと》のように見つめてしまう。目が合って数秒。ようやく私は口を開いた。

「……先生？」

「梓ちゃんさ、まだ俺に大事なこと言ってないでしょ」

先生がそう呟く。どういうことだろう？　『ごちそうさま』も『ありがとうございます』も、伝えるべき言葉はちゃんと言ったのに、先生のこの不機嫌そうな顔は何だろう？　また何かをミスしてしまったのかと、私は少しだけ怯《おび》える。

「大事なことって、何ですか？」

「昨日の夜は甘えてた癖にさ、一番言いたいこと言ってないじゃん。子供の癖にそういうとこがむかつくんだよな。こっちはもう、選んだのに」

先生がランドセルを解放して、代わりに私の手を取った。人間とは思えないくらい冷たい手に捕まって、そのまま動けなくなってしまう。

「……『また来てもいいですか？』でしょ」

心の内を見透かされたような気がした。一気に顔が赤くなるのがわかる。これじゃあまるで、先生がそう言ってくれるのを待っていたみたいだ。軽蔑されてもおかしくないくらい素直な本音。

「来ればいいじゃん。別にこの家俺一人だし。誰もいない部屋が嫌なんでしょ？　お腹もすくだろうしさ。この世界で俺だけは君に同情してやるよ。やらない善よりやる偽善じゃん」

——力を込められた手が痛い。狂った距離感の極北で、先生が私を引き留める。

「ほら、言ってみろよ。また来てもいいですか？　って」

「……また来てもいいですか？」

「いいよ」

その瞬間、パッと先生の手が離れた。

満足そうな声だった。先生が一歩距離を取り、私のことを見降ろす。緩やかに差し込む朝日が逆光になって、先生の現実味をどんどん削《そ》いでいく。私は一礼をして、先生に背を向ける。その時だった。

「だから、もうあんなことしないでよ」

うっかりすれば聞き逃してしまいそうな、小さな声だった。

振り返ったのは失策だったかもしれない。遥川先生のその顔は思いの外切実だった。それはもう、気まぐれで助けた小さな女の子を見る目じゃない。何の関係も無い、見ず知らずの小学生の話なのに、密かに傷ついているこの人を見て堪《たま》らなくなった。

それから私達は、お互いに息を詰めた。不用意な言葉を言ったら、不都合な表情を向けたら、全部が途方も無い悲劇になりそうで怖かった。ランドセルの肩紐《かたひも》を必死で握りしめながら、私は、何も知らない小学生の振りをして、先生に言う。

「死ぬ時は、遥川先生の本を持たずに死にますから」

「良い心がけ」

軽く笑いながら、遥川先生が部屋の扉を閉めた。無機質な扉が、私と先生の間を隔てる。

見えるはずもなかったけれど、私には先生がまだそこにいるように思えて仕方がなかった。泣きそうな目をして、あの人がまだそこにいてくれるんじゃないかと。

数秒だけ扉を見つめて、誰も私のことを待っていない家に戻る。

3

その当時ですら、遥川悠真は結構な有名人だった。冠する言葉は大抵が俊英《しゅんえい》か天才で、本意識すれば、街は先生の影に溢《あふ》れていた。冠する言葉は大抵が俊英か天才で、本屋には遥川悠真のデビュー作『遥かの海』と二作目『天体の考察』が平積《ひらづ》みで置かれている。大量に並んだそれは、なかなかどうして盗みやすいだろう。

遥川悠真は、大学在学中に、とある文学賞を受賞して世に出た小説家だ。受賞作の『遥かの海』はとてもオーソドックスな恋愛小説だったけれど、主人公と恋人の会話がウィットに富んでいたし、終盤でヒロインが死ぬ場面はやっぱり泣けた。

「人が死ねば、まあとりあえずみんな泣くでしょ？　そういうの好きだもんね」

先生は拗《す》ねたようにそう呟いたけれど、その時の表情が、何だか泣きそうだったのを覚えている。私はそれ以上何も言わなかった。小説の中の一文は本人よりもずっと雄弁だ。そこに描かれた別れを、先生はきっと身を切られるような思いをして書いたのだろう。苦しくても悲しくても、あの人はそれに向き合わざるを得ない人だからだ。

私があっさりと遥川悠真の虜《とりこ》になったのと同じように、この国に住む多くの人間が彼の虜になった。『遥かの海』は多くの人間の手に取られ、遥川悠真は天才小説家として華麗なるデビューを果たした。

先生のことを神様だと思うことすら、オリジナリティーに欠けた愛情だった。特集記事の中で優雅に微笑む遥川悠真は、それこそ神様染みている。彼の紡いだ物語で救われた人間なんか、きっと数え切れないくらいいるだろう。フィクションにはそれだけの力がある。

暗闇の中で言葉を追った時、踏切の前で出会った時、あの部屋で先生の物語を聞きながら眠った時、先生は紛れもなく私の神様だった。私だけの神様だとは言わない。私も先生に救われた大勢の中の一人でしかない。

けれど、私は先生の部屋を知っている。あの部屋に散らばった、発表されていない小説のことも。

それは、どういうことだろう?

「というわけで先生、あの、『天体の考察』読んでもいいですか?」

「君さ、結構遠慮無いよね。買えよ」

翌日の学校帰り、私はすぐさま先生の家に行った。遠慮が無いと思われるかもしれないけれど、少しでも間が空けば、この夢が覚めてしまうようで怖かったのだ。

「……すいません」

「冗談だから。入れば」

扉に撓垂《しなだ》れかかりながら、先生が笑う。そして、私のことを招き入れるように小さく手招きした。

前回来た時に比べて、部屋はすっきりと片付けられていた。一番の変化は、床に散らばっていた原稿が無くなっているところだった。それを見て、何となくショックを受ける。

「あの、前は来た時、床が……」

「床？」

「原稿が散らばっていたと思うんですけど」

「あれは没だから。ゴミだよ」

「没……？　捨てちゃったんですか⁉」

「そんな悲痛な声出さなくても。また書くからいいんだよ」

先生は事も無げにそう言った。

「ていうか『天体の考察』だっけ？　そこらへんにあるから大人しく読んでなよ。隅に寄せてあるから」

先生の言う通り、部屋の隅には『天体の考察』が、無造作に何冊も置かれていた。後で先生に聞いたところによると、献本という制度があって、先生の元には本の完成品が送られてくるようになっているのだという。よく見れば、『遥かの海』も部屋のあちこちに散っている。

この間チャーハンを食べていたテーブルには、銀色のノートパソコンが置かれている。真っ白な画面に、びっしりと文字が打たれていた。それを見る限り、先生は本当に仕事の最中だったらしい。これもまた、誰かを救う物語になるのだと思うと、それだけで何だか胸が詰まる。

戻ってきた先生の手にはマグカップが握られていた。立ったままの私に押し付けられたそれには、透明な液体が入っていた。水だ。

「ジュースとかの用意無いから。……何、がっかりした？」

「……そんなことないです！」

「ちょっとマジなトーンでがっかりしてるだろ。東京の水道水美味《おい》しいんだからな」

そう言ってから、先生はパソコンに目を落とした。その姿は、私のイメージしている通りの〝小説家〟だった。

カタカタと音を立てて、先生が小説を書き始める。それを見て、私も目的のものに向かった。連なる虹色の線が大きな白鳥を描き出す表紙。青紫色の夜空。『遥かの海』とはまた違う、綺麗な表紙だ。

『天体の考察』は、デビュー作と同じラブストーリーだった。亡くなった恋人と夜にだけ会えるというファンタジックな物語。星座に絡めたエピソードと一緒に物語が進んでいくにつれ、主人公と恋人の別れがやってくる。一度ならず二度までも恋人を失う主人公は悲しみに暮れるけれど、消えゆく恋人は主人公の幸せを願う。

物語の終わりで、主人公は前を向き、彼女の分まで生きていくことを誓う。星の果てしない寿命に比べたら、人間の数十年なんて誤差でしかないということを噛《か》みしめながら。

『遥かの海』でも『天体の考察』でも、一貫して描かれるのは喪失だった。「人が死ねば、まあとりあえずみんな泣くでしょ？」という先生の言葉が蘇《よみがえ》る。確かにそうかもしれない。でも、先生が書きたいのは、そういうことじゃないだろう。

先生が弛《たゆ》まず響かせるタイピングの音を聞きながら、私は小説を読み続けた。

先生の書く世界はどこまでも優しかったし、紡がれる言葉は美しかった。最後まで読み終える頃には、もうとっくに日が暮れていた。すっかり暗くなった外を見て、我に返る。

気付けば、ずっと小説を書いていた先生がこちらを見ていた。睫毛《まつげ》の影が落ちた大きな目が、私のことをじっと観察している。そして、ゆっくりとその口が開いた。

「どうだった？」

怖々と、こちらの反応を窺《うかが》うように先生が言う。その言葉を待っていた私は、間髪入れずに答えた。

「面白かったです！　凄く……『遥かの海』も好きだったんですけど、今回も凄く……その、最後の流れ星を探しに行くところが、凄く、綺麗で」

「ああ、そう」

熱っぽい私の言葉を躱《かわ》すような、素っ気ない言葉だった。そこに少しだけ、安堵《あんど》のようなものが混じったような気がして息を呑《の》む。

「夏の大三角、どんな感じなんでしょう。こうしてちゃんと繋がってるなら、私でも見つけられますか」

「そんな大げさなこと言わなくても、夏の大三角くらい――」

その時、先生が何かに気が付いた顔をした。

「……あのさ、梓ちゃん、君、もしかして……」

「………どうかしました？」

　さっきとはうって変わって、強張《こわば》った表情だった。見たことの無い表情に、私は素直に恐怖を覚えた。さっきまで笑っていたはずの先生が、思いつめたような表情に変わっていく。それだけじゃない。先生は紛れもなく怒っていた。

　そして、先生はいきなり私の手を引いた。手元にあった『天体の考察』が床に落ちて、カバーが捲《めく》れ上がる。拾う暇さえ与えられなかった。戸惑う私を余所に、先生が玄関へ向かう。

「せ、先生……？」

「いいから黙ってて」

　お話を聞かせてくれた時の声とは全く違う、暗い声だった。何かに本気で憤っているのが分かる。目の前にいるのはお母さんじゃなくて先生なのに、纏っている雰囲気は私を叱る時のお母さんと同じだ。

　促されるまま暗い外に引き出されると、いよいよ怖くなった。このまま夜の中に放り出されるんじゃないかという恐怖と、見たことの無い先生の表情への戸惑いで、上手く足が動かない。それでも、先生は無言で私の手を引いた。そのまま、廊下の隅にある鉄製の扉を開けて、銀色の階段を上っていく。

辿り着いたのは、暗い屋上だった。誰かがここに来ることは想定されていないのか、非常階段を上った先には明かりの一つも無い殺風景な空間が広がっている。眼下に見える夜景は綺麗だったけれど、あの時の私にはその美しさよりも、その高さに慄いていた。柵越しなのに、どういうわけだかそこから落ちる自分を想像してしまう。

「死のうと思ってた癖に高いところが怖い？」

いつの間にか、私の横に先生が立っていた。思わず一歩下がって、光の点から距離を取った。今まで私に触れようとしなかった先生が、私の肩を摑む。

「……………怖いです」

私は素直に言う。眼下に広がる景色も、ともすれば落ちてしまいそうな錯覚も怖かった。この間死のうとしていたのが信じられない。この恐怖を味わわせる為に先生は私をここに連れて来たんだろうか？　そう思った瞬間だった。

「でも、見て欲しいのはそれじゃないんだ」

「……え？」

「上だよ。ここは暗いから、多少は綺麗に見えるでしょ」

先生の声に合わせて、私はゆっくりと空を見上げた。そして、息を呑む。

「もっと早く気付けばよかった」

先生が悔しそうにそう呟く。

「よく君の話を聞いてれば、もっと早くに気付いたはずなんだ。陽が落ちる前にはあの家に帰らなくちゃいけない。午後七時以降はあの中から出られない。それを物心ついた時から繰り返していたんだとすれば、そういうことも考えられたはずなのに」

「……忘れてました。ちゃんと知ってたのに」

「そんなのは知ってたって言わないんだよ」

どうして先生がそんなに辛《つら》そうな声をしているのかが分からなかった。それでもその声を聞いただけで胸が詰まって、必死に上を向いたのを覚えている。

どれだけ上を向いても涙は目の端からつらりと流れて頬を濡《ぬ》らした。知っているはずだった。先生の小説でも出て来たし、この光景はいくらでも小説の中で読んできた。写真だって見たことがある。それこそ『天体の考察』のタイトルロゴでもそうだった。

それでも、涙が止まらない。

「……都会の星空なんてこんなもんだよ。大したことじゃない。でも、梓ちゃんはこれすら見たことなかったんだろ。……もっと早く気付けばよかった」

「そんなことないです。……見られてよかった」

私達の頭上には都会の控えめな、それでも何より美しい星空が広がっていた。冬の冷たい空気の層を抜けて、私には遠すぎた光を届けてくれる。私が初めて目にした、本物の星空だった。私の生きていた時間には無い景色。

ちゃんと目に焼き付けようとしているのに、涙が溢れて止まらない。滲んだ視界で見る星は小さな光の帯になってしまう。

「先生、……あの小説に出て来たアルタイルって、何処《どこ》にあるんですか？」

「あれ夏の星座だもん。今は見えないよ。大三角も」

私が情けなく泣き声を漏らしていることには少しも触れずに、先生は小さく言った。

「また夏になったら見ればいいよ。こんなのいつでも来れるんだから。……嘘じゃないよ」

疑っていたわけじゃない。返事が出来なかっただけだ。ぼろぼろと流れる涙を止められなくて、私はとうとう蹲《うずくま》った。

同じようにしゃがみ込んだ先生が、私の頭をぎこちなく撫《な》でる。慣れていないのがすぐに分かってしまう、不器用な触れ方だった。頭に乗せられた手が、ゆっくりと上下する。

それからしばらくの間、私達はそうしていた。生まれて初めて見た星空も、あまりに不器用な手の感触も、私にとってはどちらも非現実的だった。先生が与えてくれた小説と同じように私を導く光になった。今でもあの時の光景は忘れられない。
先生がくれた、私の為の星空を。

4

長かった冬が終わり春が訪れると、先生の住んでいるマンションの近くは一面が満開の桜に覆われる。その完璧なロケーションを見る度、私はじわりと嬉しくなった。先生が住む場所はかくあるべきだ。

綺麗な桜並木を抜けていくとエントランスが見える。下にいたコンシェルジュのお姉さんが、私の姿を見てすんなり自動ドアを開けてくれた。

エレベーターに乗って、迷わず最上階を目指す。合鍵は無いけれど、私は自由に先生の家に出入りすることが出来た。高価なマンションの十八階。隅の角部屋、遥川悠真の家。

インターホンを鳴らすと、たっぷり待ってから焦らすように先生が出てくる。私がこの扉の前で不安と期待に胸を焼きながら先生のことを待っているのが面白いのだろうか。そうしてやっと扉が開いた時は、いつも全てが赦《ゆる》されたような気分になった。

「おかえり、梓ちゃん」

先生がそう言いながら大きく伸びをする。猫背の先生がそんな仕草を見せると、いよいよ猫みたいに見えて面白い。パタンと音を立ててノートパソコンを閉じると、先生は私に向き直った。

「学校どうだった？」

「普通でした」

「あっそう」

先生がこうして尋ねるのは、予防線のつもりだったのだと思う。赤いランドセルを見た時に思い出した『立場』を再確認する儀式のようなものだ。

床にはもう既に結構な枚数の原稿が溜《た》まっていた。フローリングの上に雪のように降るそれを見ると、先生がどんな風に時間を過ごしているのかが分かって嬉しい。私は、原稿が床に溜まるまでそれを回収しないことにしていた。先生が見ていない間にそれを拾って、こっそり物語の断片を集めるのだ。

「先生、ずっと小説書いてたんですか？」

「小説家はそういうもんなの。これが毎日続くだけ」

そう言って、先生がパソコン脇のプリンターから何かを印刷する。Ａ４サイズの紙が十数枚。新しい原稿だ。

「さっき書いてたやつですか？」

「そう。……でも、これももう駄目かな」

印刷したばかりの小説を捲りながら、先生がつまらなそうに言った。そして、その十数枚をテーブルの隅に寄せる。

こうして寄せられていった小説が、段々と積み重なって最終的に床に落ちるのだ。あそこに至るまでの途方もない重なりを思って、少しだけ恐ろしくなる。この部屋で、この人はこんなことを繰り返しているのだ。

「これ、貰《もら》っていいですか？」

「そんなの小説の体にもなってないのに」

笑う先生を余所に、私は生まれたばかりの紙の束を大事に手に取った。パッと読んだそれは、名前すら明らかになっていない誰かと誰かの会話から始まっている。背景が何もわからないのに、その会話だけでも楽しかった。遥川悠真の小説だった。

会話をしていた二人は、バスを待っていたところだったらしい。二人の前に古びたバスがやってくるところで物語は終わっている。この二人は何処に行こうとしてるんだろう。何の為に行こうとしているんだろう。軋《きし》むシートの音すら想像しながら、私は言う。

「続きはどうなるんですか？」

無邪気な質問だった。特に何か意図があったわけじゃない。けれど先生は、少しだけ顔を強張らせて言う。

「……そうだな。梓ちゃんはさ、何処に行ったら面白いと思う？」

あの古びたバスが何処に行ったら面白いか、私は想像を巡らせる。

「うーん……そうですね。それこそ県境まで」

「駆け落ちみたい」

「でも、実は二人は初対面だったんです。親し気に話す二人は、目的地なんかなくて、着の身着のままで逃げ出すんです」

「あー、いいな。書けそう」

そう言って、先生はけたけたと楽しそうに笑った。紙の中では終わってしまった物語が、私達の間だけで続く。先生の小説の中に私も入れて貰えたような気がして、なんだか嬉しくなった。

「なんていうか、梓ちゃんが……うん、いてよかったわ」

「本当ですか？」

「『天体の考察』もさ、結構大変だったんだ。全然形にならなくて。こうしてゆっくり小説の断片を拾って、どうにか一本の小説にすんの」

「大変じゃないですか？」

「大変だよ。小説書くのって死ぬほどつらい。でも、書きたいものがたくさんあるんだ。形にならなくても、無駄になっても、ずっと書いていたいものがあるんだよ」

先生は一呼吸置いて呟く。

「……小説を書くのが、好きだから」

必ずしも私に言った言葉じゃないだろう。それにしては、熱っぽい言葉だった。心の底からの言葉だ。

言った後に恥ずかしくなったのか、誤魔化すように先生の手が私の頭を撫でた。その手にぎこちなさはもう残っていない。この数ヵ月で、先生は私のことを撫でるのがとても上手くなっていた。

しばらく毛先を弄んでいた指先が離れてしまうのが名残惜しい。慣れとは恐ろしいものだ。先生の上達はあまりに早くて、こんな動作一つでここまで絆《ほだ》されてしまった。

「あ、そうだ。今日調理実習だったんですよ、今日。このままいつか先生にも何か作ってあげられるかもしれない」

「本当に？　俺好き嫌い多いけど平気？」

「好き嫌いが多い相手に合わせられるのが手料理のいいところじゃないですか」

「俺さ、蕎麦《そば》駄目なんだよね。そういうのも対応してくれる？」

「対応出来るかわからないですけど、善処しますね」


小学六年生はとても楽しかった。

お母さんは私に見切りをつけて、殆ど家に帰らなくなっていた。申し訳程度に置かれる現金は愛情ではなく面倒を避ける為の手段だったことだろう。それを不幸にも思わなくなった。別の言葉を当てはめるなら好都合だ。

広い部屋の隅に私を迎え入れて、先生は小説を書き続ける。出会った頃とまるで変わらないそのルーチンが愛おしかった。幸せな生活だ。

先生は生活の殆どを、小説を書くことに捧《ささ》げていた。

外に出ることは殆ど無く、先生はただひたすらに小説を書き続ける。書きたいものが沢山あるのも、小説を書くのが好きなのも本当なのだろう。その姿は、殆ど狂気的だった。

その小説の多くは、完結することなく没になっていく。私は床にある原稿を拾いながら、物語の断片を読み集めた。会話の多い物語もあれば、風景描写の多いものもあった。ジャンルはファンタジーだったり、SFだったり、あるいは探偵が出てくることもあった。

どれも続きが気になるものだったけれど、その多くは物語にならずに、こうして私の中だけに積もっていく。

遥川悠真の小説は『天体の考察』以来、一冊も出ていなかった。三作目になるはずだった小説は全て、この部屋で終わってしまっている。形にならない未完の物語だ。

それでも先生はずっと小説を書き続けていた。

日が暮れると、どちらともなく冷蔵庫を漁り、簡単な料理を作って二人で食べる。他愛のない生活だったと思う。夕食が終われば、私は元の家に帰る約束になっていた。だからこそこの時間は、私にとっては大切な時間だった。

「先生、今日はどんな小説を書いてたんですか？」

「……初心《しょしん》に帰って恋愛小説だよ。全然ディティールは詰めてないんだけど、女の子の方がサックスを吹いててさ」

「楽しみですね」

「出版出来るくらいのものじゃないと意味無いんだよ。こんなに書いてるのに、どうにも上手くいかないんだ。見事なまでの沈黙の時代だね」

沈黙の時代。確かにそうかもしれない。けれど、先生は相変わらず遥川悠真だった。先生の小説は多くの読者に読まれていた。何せ、デビュー作『遥かの海』の映画化が大々的に発表された頃である。世間には〝第一次遥川悠真ブーム〟の流れが生まれていて、色々なところで先生の本が展開されていた。

けれど、先生はあくまで小説と向き合う日々を送っていた。あの熱狂の中心人物とは思えない静かな生活だ。小説を書き、ある程度書いては捨て、休むことなくまた書き続ける。

それがスランプと呼ばれる状態だとは、私は想像もしていなかった。

そんな先生を邪魔しないように、私の過ごし方は静かで大人しい方向に向かった。遊ぶ時は静かに、出来るだけ長く遊べるように。

先生に近づきたくて、読んでいた本を自分も読んでみることもあった。小説も沢山読んだ。けれど、先生の小説よりも私の心を満たしてくれるものはなかった。それくらい、先生の小説は私にとって特別だった。

そして生み出された遊びの一つが、遥川悠真の小説を一から書くことだった。

ノートを広げて、最初の一文から最後の台詞《せりふ》まで、文字通り全て書き写す。手に取るはボールペン、広げたるはキャンパスノート。手軽極まりない暇潰しだけれど、私にとっては最高の時間の使い方だった。

私は先生の書く言葉が好きだった。言葉の選び方が、その間合いが、そのリズムが好きだった。だから私は頭の中の本棚にその本を仕舞っていたのだ。それこそ、赦しを得られなかった時代の信者のように。

部屋の中で本を読み、読むのに疲れたら先生の本を繰り返し書き起こした。そうして、先生の紡ぐような素敵な物語や、書かれなかった物語の続きを想像する。私はそこから創作を覚えた。

『遥かの海』も『天体の考察』も幾度となく読み返した。そして私は、まだそこに無い三作目の椅子を一人で埋める遊びに没頭していたのだ。

私は遥川悠真のファンだった。殆ど信仰に近い気持ちを飼い殺しながら、新作を読める日を楽しみにしていた。贅沢《ぜいたく》な時間だったと今でも思う。誰もが憧れるその位置を、私は独り占めしていたのだ。

「うわ、何それ。写経かよ」

私のこの密かな遊びは、早々に先生にバレた。馬鹿みたいな理由だった。間抜けなことに私は、ノートを広げたまま床で眠ってしまったのである。

「何？　もしかして小説書きたいの？」

思ってもいない方向からの疑問だった。そう聞かれると、どう答えていいかわからなくなってしまう。私がやっていることはただの反復でしかない。こんな私でも小説が書けるんだろうか？　先生と同じような物語を？　それ自体が、私には想像すら出来ないことだった。

「私にも書けますか？」

そのまま口から出た疑問だった。ややあって、先生が言う。

「出来るよ。梓ちゃんになら」

「本当ですか？　……先生は私が小説を書くようになったら嬉しいですか？」

「まあ、……少しはね」

先生が小さくそう呟く。

思えば、そこが勘違いの始まりだった。ノートを捲る先生がどんなことを考えていたかすら知らなかった。私が想像していたことといえば、床に散らばる結末の無い物語を自分が埋められるんじゃないか、なんて漠然とした期待だけだった。

5

私達の奇妙な共同生活に新しい展開をもたらしたのは、インターホンの音だった。

季節は秋になろうかというところ。格好の行楽日和である。けれど、インドア派の先生と私の二人が、何処かに行こうと思うはずもない。その日も、本当ならずっと家で静かに過ごしているはずだった。

私がインターホンに出たのも、単なる偶然だった。たまたま先生がトイレに行くタイミングと、インターホンが鳴るタイミングが重なったのである。だから、ごく自然に私は玄関の扉を開けた。

自分がどんな存在であるか、すっかり忘れていたのだと思う。私が自分の立場を意識したのは、いかにも育ちの良さそうな男の人が、面食らったような顔で私を見下ろしてからだった。

「あ、えっと……その、君は？」

「え……？」

「遥川さんは留守ですか？　それなら、僕の方が出直しますけど……」

「あ、いえ、私が」

「そうですか？　ありがとうございます」

私を身内と信じて疑っていないのか、隣人さんは優美に笑った。私が他人であることなんか、少しも想定していないのだろう。それならこの人は、果たして私の存在にどんな肩書きを与えているのだろうか。妹？　娘？　きっと、恋人には見えないだろう。一瞬で巡らせた想像のどれにも当てはまらない身分。それを思うと、何だか居《い》た堪《たま》れない気分になった。オーソドックスなその三種類の、どれもが不適切なんてあって良いんだろうか？

「チョコは好き？」

私が答えないでいる間に、隣人さんは適当な答えをでっちあげてくれたらしい。優しげな目が向けられて、不意に身体が強張った。先生以外の誰かにそんな目を向けられたのは久しぶりだった。それが普通のコミュニケーションであるということすら、私はろくに覚えていなかった。少しだけつっかえながら、私は言葉を返す。

「チョコ、好きです。好き」

「よかった。それじゃあ、遥川さんと一緒に食べてください」

渡されたのはお洒落な紙袋だった。見たことのないような外国の街並みがプリントされている。側面の英語もまともに読めなくて、まじまじと見つめてしまった。ふわりと香る甘い匂いと一緒に、投げかけられた言葉を反芻する。――お家《うち》の人。

「ありがとうございます……大切に食べます」

持たされた紙袋を抱きしめながら、私は小さくそう言った。

私が他人の目を意識したのはこれが最初だった。二人っきりの世界に突然訪れた第三者の存在だ。けれど、この部屋は別に密室なんかじゃない。扉を開けばちゃんと開く。インターホンはよく響く。

私はさっきの疑問を舌の中で転がした。妹、娘、……恋人。

最後に出て来た選択肢は現実離れしていたけれど、なんだかとてもドキドキするものだった。先生に言ったら鼻で笑われそうな選択肢だけれど、他人を介した関係の中には、それだって可能性の中に含まれるのだ。

ふわふわとした気持ちのまま部屋に戻ると、トイレから戻った先生と鉢合わせた。他人の目なんか少しも意識していなさそうなだるっとした部屋着を見て、私が出て正解だったな、と不躾《ぶしつけ》なことを思う。

「梓ちゃん、さっき誰だったの？」

「あの、さっき、インターホンが鳴って。お隣さんが、お土産って」

「お隣？　ああ、あの男か。出たんだ……」

つまらなそうな声を出しながら、先生がリビングに向かう。

「なぁーにがお土産だよ。俺さ、あの引っ越し蕎麦？　とか嫌いなんだよ。仲良くしたいから渡すもんがよりによって蕎麦って」

お土産を貰ったというのに、先生は少しも嬉しそうな様子じゃなかった。むしろ、意地悪をされた子供のような顔をして、私の抱く紙袋を睨《にら》んでいる。

「あのさ、梓ちゃんって旅行行ったことある？」

「ありません」

「だよね。夜空も見れない生活だったのに」

先生がそう言って少しだけ笑う。少し想像してみたけれど、お母さんと旅行に行ったら、恐らくかなり気まずいだろう。残念ながら楽しい想像にはならなかった。一体どんなものなんだろう？

「行く？」

「え？」

「俺らも出かけようか、だって癪《しゃく》じゃん」

「癪って……」

「今更気付いたけど、俺と梓ちゃんって出かけたことないでしょ？　折角だからデートしようよ」

先生が悪戯《いたずら》っぽく笑う。先生らしくない冗談だった。部屋に籠もってずっと小説を書いている先生には、あまり似合わない言葉だ。

「デート……」

「別に梓ちゃんが嫌ならいいけど」

「そんなことないです！　い、行きたいです！　行ってみたいです！」

殆ど反射的にそう答えた。このチャンスを逃すわけにはいかなかった。だって、お出かけなんて絶対行きたい。

食い気味な私の返事をからかうこともなく、先生は穏やかに笑った。そして、嘘みたいに優しい声で言う。

「そういえば、梓ちゃんのこと全然外に連れて行ってあげなかったもんなぁ……こんな部屋でさ、つまんなかったでしょ」

「そんな、そんな大丈夫です！　先生がこうして居させてくれるだけで、私……」

「ちなみに、そのお土産って何処の？　当てつけに同じとこ行こうか」

先生の言葉に、私は紙袋の中身を開けた。外国製の綺麗な缶と一緒に、観光客向けの日本語版リーフレットが入っている。

「あ、アメリカの……アラスカの方みたいです。なんか、オーロラ観光ツアーのお土産らしくて」

「ファック、無理じゃん」

6

支度をする先生を待ちながら、私はオーロラのことを考える。勿論《もちろん》、本の中では見たことがあった。降り注ぐ虹の帯は幻想的で、写真で見ても綺麗だったことを思い出す。けれど、星空すらまともに知らなかった私が、それを見られる気がしなかった。想像の中の私は暗闇の中で途方に暮れている。

けれど、不思議なことに隣に先生の姿を思い浮かべると、想像の中の夜空には途端に美しいオーロラが広がるのだ。先生は無理だと言っていたけれど、私にはそうは思えなかった。先生がいるだけで、暗闇の中には星が生まれて、虹の帯が辺りを照らす気がした。

隣人さんに貰ったチョコは底抜けに甘かった。もしかすると、隣人さんは甘党なのかもしれない。缶の中のチョコレートが半分になった辺りで、先生が支度を終える。

「お待たせ。じゃ、行こうか」

先生は出会った時と似た色の、清潔そうな細身のシャツにスラックスを合わせた格好をしていた。その上に羽織ったジャケットも、適度に散りばめられたアクセサリーも似合っている。それなのに、何故だか全てが借り物のようにも見えた。

それでも、先生は優雅だった。息を呑む程度には。

玄関を出る時、少しだけ緊張した顔を見せたけれど、先生は問題なく外に出た。穏やかな昼下がりに、先生はいい意味で浮いている。

それに対して、私はいつもと変わらないみすぼらしいワンピースだった。並んで歩くと裾のほつれが何倍にも大きく見えて、顔が赤くなる。

「梓ちゃんっていつも同じ服だよね」

私の考えを見透かすように、先生が言う。

「ちゃんと洗ってますけど」

「いや、そういうことじゃなくてさ。……まあ、丸ごと買えばいいか」

そう言って、先生が一番最初に向かったのは、駅前にある洋服店だった。入って数秒で店員を呼び、店頭に飾ってある赤いワンピース一式を購入する旨を伝える。

「折角出かけるんだから綺麗な格好しないとね。ほら、良く似合う」

赤いワンピースを着た私は、普段のみすぼらしさをどうにか誤魔化せているように見えた。

「マネキン買いで申し訳ないね」

「え、そんな、いえ、あの、いいんですか？」

「魔法使いみたいでしょ。お金さえあれば魔法使いにもなれちゃうんだな」

そう言って、先生がにっこりと笑った。

「本当は色々買ってあげたいんだけど、ほら、俺買い物も外に出るのも苦手だから」

「そうなんですか？」

「大体のことは通販でどうにかなるし、打ち合わせもぶっちゃけ電話で出来るし、最悪ほら、この間は梓ちゃんがトイレットペーパー買ってきてくれたからね」

「……来るなり『もう詰んだ』って言うからびっくりしました」

「だって尊厳の問題だったし……。とにかく、現代人だから、出る必要がなかったってわけ。まあ、何となく散歩に出たりする時も……なくは……ないんだけどさ」

先生は歯切れ悪くそう言った。伸ばしっぱなしになっている髪に、青白い肌は、とてもじゃないけれど散歩好きの人には見えない。出るとしてもきっと夜中に出るのだろう。どういうわけだか、先生は人目を避けている。

出会ったばかりの頃、水道水を出されたことを思い出した。斬新なもてなしだと思ったものだけれど、あれ以降水道水が出されたことはない。わざわざ私の為にジュースを出してくれるようになった。

そこで気付く。あの日はたまたま間に合わなかったのだ。私のことを迎え入れる準備が出来ないまま襲来した私に対応し切れていなかった。

先生はあの頃から買い物にすら出なくなっていたのだろうか？　勿論、出不精は悪いことじゃない。先生の仕事なら家の中でだって出来るし、太陽の光なんてカーテンを開ければ取り入れられる。セロトニンなんて目に見えないものより、目先の安寧の方が重要だ。

「それじゃあ、綺麗になった梓ちゃん。行きたい場所、何処かある？」

「どこでもいいです！」

「それ、一番困るんだよな。適当なところ行ったら怒られんのに」

言いながらも、先生がスマートフォンで何かを調べる。その検索が『子供　出かける』だったのを見て、私は何だか微妙な気持ちになった。

そして先生が私を連れて来たのは、とある遊園地だった。

都内にあるその場所は、なかなか洒落た構造になっている。ビルをバックに走り回るジェットコースターや、ショッピングモールの真ん中にあるメリーゴーランドなどがなかなかシュールで面白い。

「とりあえずなんか食べよう。子供はソフトクリームとか好きでしょ」と言って、先生が近くの売店でソフトクリームを二つ買う。そして、綺麗に出来た方の一個を私に渡してくれた。

「そういや、隣の奴になんて言ったの？　妹？」

「……何も言わない内に話が終わったので、なんとも……あの、何かいけませんでしたか？」

「いけないっていうかさ……俺まだ二十代なのにさ、子持ちだと思われんのは……」

「……嫌ですか？」

「別に若い父親がいないわけじゃないってわかってんだけどさー、それはそれ」

ソフトクリームを舐《な》めながら遠い目をする先生は、確かに父親という年齢には見えなかった。当時の私が十二歳で、先生が二十八歳だから、私達は少し手心を加えないと親子にはなれない年齢差だ。

「でも、そうでなくちゃいけないんだよな……」

　先生が何処かを見つめながら、一人呟く。思いつめたような表情をする先生の手元でアイスがどろどろに溶けていた。バニラアイスが白い肌を流れて、境界がよくわからない。

「げ、最悪」

「先生、洗いに行きましょう」

「梓ちゃんはちゃっかり綺麗に食べてるね」

　じっとりとした目でそう言いながら、先生がべたべたの手で私の手を取った。私と先生の手の間で無残にコーンが砕け散り、残ったアイスまでが地面に落ちて波紋を広げて行くようだった。

「はぐれちゃうといけないからね」

「嘘だ。絶対嫌がらせでしょう」

「そんなことないよ」

　二人して手をぐちゃぐちゃにしながら、どちらともなく歩き出した。私達が他人であることに、きっと誰も気付かなかっただろう。私と先生には歳《とし》の差がある。頑張れば親子に、あるいは兄弟に見える歳の差が、繋いだ手に理由をくれる。

組み合わせた手の間からアイスが滴り、地面に跡を残していく。普段から冷たい先生の手が余計に冷たかった。はぐれないように、私は手に力を込める。

「物語は起承転結が大事っていうわけで、終わりよければ全て良しなんだよ」

「というと？」

「どんなお出かけだって最後に観覧車さえ乗れば勝ちってこと」

そう言って、先生は最後のアトラクションに観覧車を選んだ。ジェットコースターからのメリーゴーランド、ミラーハウスからコーヒーカップに至るまで！　およそ人が遊園地に求めるものを全て堪能《たんのう》したはずなのに、それでも観覧車は圧倒的だった。ぼんやりと光の灯《とも》るゴンドラが空に連なっている様は、想像よりもずっと綺麗だった。

その綺麗さに少しも臆することなく、先生が軽やかに観覧車に乗り込む。悪戯っぽく笑う先生に置いていかれないように、慌てて私も飛び込んだ。

観覧車がゆっくりと上昇する。それに合わせて、窓の外から見える景色もどんどん広がっていく。視線を上に向けると、秋口の空が見えた。屋上よりもずっと綺麗に星が見える。幾度となく見上げた空だけれど、この中から見上げるそれはまた違っていた。

「……空が近い」

「そんなに星が気に入った？」

先生はそれだけ言うと、再び観覧車の外に目を戻してしまった。長い睫毛が外の光を反射している。黙っている先生の横顔は、何だか少し怖かった。

伝えたいことなら沢山あった。連れてきてくれてありがとうございます、とか、今日は一日楽しかった、とか。服を買って貰えたことも、それを褒めてくれたのも嬉しかった。遊園地だって初めて来た。細かく言えばキリがない。本当のところを言えば、私はこのまま死んじゃうんじゃないかとまで思っていた。幸せに慣れていない私には、ちょっと幸福が過ぎる。

それをどうやって伝えたらいいのかわからなくて、私は折角の観覧車なのに、先生の顔ばかり見ていた。

「……あのさ、インターホン鳴っても出なくていいから」

先生はこっちに目を向けないまま、ぽつりとそう言った。

「……全部無視して。俺が出るから」

なるべく感情を込めないようにしながら、先生が言う。

「チョコ貰って嬉しかったでしょ」

「嬉しかった……はい、嬉しかったです」

私の言葉に、先生が大仰に溜《た》め息《いき》を吐く。何か間違えたのだろうか？　と思って、一瞬だけ身が強張った。さっきまで外を見ていたはずの先生が、私のことをじっと見つめている。

「梓ちゃんは俺にだけ優しくされてればいいんだよ。……そうやって誰彼構わず優しくされてるのとかよくないって」

「……そうなんですか？」

「そうだよ。家だって隣だし、そっちの方が待遇良かったら梓ちゃんはそっち行っちゃうかもしれないでしょ？　でも、たかだかチョコ一つで釣ってくるような奴なんてさ、大した奴じゃない」

妙に棘《とげ》のある言葉だった。隣の人は別に先生に何かしたわけじゃない。単なる優しい人だ。少しだけ考えてから、私は言う。

「……もしかしてやきもちですか」

「何言ってんの。子供の癖に」

「子供じゃないです」

「俺からしたら全然子供だよ」

本当にその通りだと思う。私はまだまだ子供で、先生と並ぶと、妹にしか見えないだろう。一歩間違えれば娘に見えてしまうかもしれない。

「本当、何言ってんだろうな」

ゴンドラの中で、私と先生の距離は絶望的に遠かった。だからこそ、この人は私に優しくしてくれるのだろう、ということも痛いほどわかる。そんな当たり前のことが、私は寂しくてしょうがなかった。

「……先生、ありがとうございました」

「いいよ」

ゴンドラはぐんぐん高度を下げていき、この魔法のような時間の終わりを分かりやすく示す。

「またいつか来てくれますか？」

「きっといつかね」

単なる錯覚だろうけれど、ゴンドラは昇る時よりもずっと早く下りて行くようだった。いつの間にてっぺんを通り過ぎたんだろう。月並みな話だけれど、求めていた場所に辿り着いた時、往々にして人はそれに気付けないのかもしれない。

ゴンドラは私の祈りを無視して、一層早く地上に着いた。

「はーあ、すっかり遊んじゃったな」

「すいません。忙しいのに」

「没まみれの小説家に言う台詞じゃないよな」

遊園地から駅に向かうまでの道には、長い下り階段があった。先生がその階段を、一段一段ゆっくりと降りていく。私よりずっと背の高い先生が、私の視界よりずっと低い位置にいた。

年上で大人なのに、先生の背中は何だかとても小さく見えた。ぐらぐらと揺れて、まるで安定感が無い。良く言えば踊るように、悪く言えば酩酊《めいてい》しているかのように、先生が低い位置へ移動する。

私は小学生で、先生から見たらまだまだ子供だった。あの日は私の人生の中でも一、二を争うくらい幸せな日だった。

だからこそ思う。

先生を殺すべきだったのはあの時だったのかもしれない。

私と先生が初めて出かけた日、先生が全く私に警戒心を抱いていなかった日。無防備に背を晒《さら》す先生は、私にとって絶好の獲物だった。

「梓ちゃん、ほら。はぐれちゃうよ」

私の手がその背を押す前に、先生がこちらを向いた。伸ばしっぱなしの髪の毛が風に煽《あお》られて、子供っぽい笑顔を隠す。

「……はい」

当たり前のように、先生は手を差し伸べてくれていた。私は駆け下りるようにして、その手を取る。先生の手はもう冷たくなかった。温かくも冷たくもない、水たまりのような体温が私を摑む。

「先生の手、今は冷たくないですね」

「人間だもん、体温くらい変わるよ」

＊

そこで、一旦中断が入った。若い男の警官が中に入り、壮年の刑事に何やら耳打ちをする。先に読み進めても良かったのだが、彼女も一旦留まることにした。これを読み通すのは、かなり精神的に負担がかかる。報告を受ける彼の表情も同じように険しい。

「何かわかりましたか」

「怪文書に出て来た〝幕居梓〟は実在してたぞ。良かったな」

冗談なのかどうなのかすらわからない言葉を吐きながら、彼が大きく溜め息を吐いた。幕居梓がいる、ということは、この話の信憑性《しんぴょう》もぐっと高まることになる。荒れた部屋を見渡しながら、さっきまで読んでいた〝怪文書〟の内容を思い返した。この部屋で、本当にあの小説家と、一人の女の子が暮らしていたんだろうか。

「幕居梓。十七歳。現在、西ヶ浦《にしがうら》高校の二年生。こいつのことが早々に割れたのには理由がある」

「理由？」

「幕居は今、入院してるんだ。昏睡《こんすい》だ。事件性有りで、ウチに話が来てたんだよ。だから、幕居梓の名前だけでヒットしたってわけだ」

「……昏睡？」

「原因は睡眠薬の過剰摂取。場所はそいつが通っている西ヶ浦高校の最寄り駅にあるネットカフェだ。個室とはいえネカフェだからな。近隣の個室に通された客が、吐瀉《としゃ》物の臭いで気付いたらしい。それで、店員が意識不明になっているところを発見、通報したと。幕居が発見されたのは午後二時三十二分。件《くだん》の遥川悠真が信者集めてトークイベント開催してた時間だ」

淡々と告げられるその報告に、自分の顔がどんどん曇っていくのがわかる。それが言わんとしていることはわかる。わかりやすいシナリオだった。順風満帆な人生を送っている小説家が、密かに生活を共にしてきた少女。その少女の昏睡事件。そして、消えた小説家。

さっきまでの話の流れにそぐわない、嫌な話だった。そこが繋がる先なんて言うまでも無い。

「……自殺に見せかけて幕居梓を殺害した後、遥川が逃げたってことですか？」

「さっきまでのやつを読む限り、遥川は少女趣味の変態で、殺人犯だってことだろ」

「今までのを読む限り、遥川は距離を測りかねているだけの普通の人ですよ。……自分の本を持っていた小学生が死ぬのを避けたがるような」

「どうだかな。まともな良識のある人間は、小学生をどうこうしようなんて馬鹿なこと思わねえよ」

「助けようとしたのに？」

「あれは助けたに入らねえよ」

苦々しく呟かれたその言葉は、小説の中に出て来たものと同じだった。

神様のように慕われる小説家と、そのファンである小学生の交流。自殺を考えていた少女を既《すんで》のところで留まらせた男。そこだけ切り取れば美談かもしれない。もしそこで終わっていたら、ハッピーエンドと呼んでも差し支えなかったかもしれない。けれど、救済の物語と地続きなところに、幕居梓の昏睡と、遥川悠真の失踪がある。

その二つを結ぶものは、一体何なんだろうか？

読んでいる最中に引っ掛かったのも確かだった。

遊園地に行った帰り道、あんなに楽しく描写されていたそのイベントの後に、どうして幕居梓は彼を殺そうと思ったのだろうか？　それは、彼の殺害を決意させる物事が、この先に訪れるからじゃないだろうか？　まだ読んでいない部分に、二つの物語を繋ぐ悲惨が、あったからじゃないだろうか？

「……もしかすると、一概に遥川が幕居梓に危害を加えたとは言えないかもしれません」

「あ？」

「考えてもみてください。幕居梓が……その、襲われたんだとしたら、どうして場所はネットカフェだったんでしょうか？　遥川は部外者ですし、何よりテレビでの露出も激しい有名人です。彼が店内にいたら、相当目立つんじゃないでしょうか？」

何より、遥川はどこか華やかな男だった。顔の造形や背の高さだけじゃない。その立ち振る舞いは、どこか人の目を惹くところがあった。そんな男が、果たして誰にも気付かれずに幕居梓のブースに来られるだろうか？

「それに、まだ読んでいる途中である、この文章も気になります。どこまで読まれましたか？」

「遊園地に行ったところまでだ。気味悪い文章だな。洗脳された子供が書いたみたいな」

「洗脳されている子供、ですか。まあ、そうかもしれませんね。けれど、これはそもそも何の為の文章なんでしょうか？」

言葉を連ねながら、別の意味で苦しくなっていた。遥川悠真が幕居梓を殺した、という最悪なシナリオを塗り重ねる、最悪なシナリオが組み上がる。

「この文章は、幕居梓の書いたものでしょう。……これには、彼女の人生が綴《つづ》られています。これが、彼女の懺悔なんだとしたら？　幕居梓が誰かと共謀して遥川を殺害する計画を立てていて……計画の決行前に、罪悪感から死を選んだんだとしたら？」

この物語の行く先は、そのまま彼女の殺意の行方なんじゃないだろうか。失望させるくらいなら死んでくれと、そう思うのは――。

「遥川を殺したい人間がいたってことか？」

「ありえない話じゃないでしょう。これだけ有名だと妬みも買うでしょうし」

「それに、この文章を読む限り、幕居梓は遥川の奴に感謝してるだろ。実態がどうであれゾッコンじゃねえか。それこそ殺す理由なんてないだろ」

「でも、まだこの中の幕居梓は小学生なんですよ。……まだ、この先に何があるのか、私達は知らない」

ぐちゃぐちゃになった部屋の中には、遥川悠真の小説も散らばっていた。『遥かの海』『天体の考察』そして、『夜濡れる』——『無題』。『エレンディラ断章』。まだこの物語の中には出てこないタイトルが、この部屋に沢山ある。

「……遥川悠真の転換点って知ってますか？」

「転換点？　んなもんあるのか？」

「遥川悠真は、デビュー作の『遥かの海』、二作目の『天体の考察』で高い評価を受けました。……ここまでは、幕居梓の小学生時代です。そして『天体の考察』を発表して、間を空けて三作目『夜濡れる』を発表します。……そこから、遥川は沈黙するんですよ」

「なんでだ？　何かやらかしたのか？」

「単純に、彼の最高傑作と銘打って売り出された三作目が、酷評されたんです。……よくある話ですけどね。確かに、三作目は出来がそう良いわけでもありませんでしたし。クオリティーが落ちたわけじゃないんですけど。なんというか……」

「物書きってのも難儀なもんだな」

華やかな経歴を持った小説家の不遇の時代だ。最終的に彼は、四作目の『無題』で、人気小説家として復活を果たすことになる。けれど、新作を全く発表していないその二年で、彼のキャリアの終わりを噂する声も多かった。

その時代は、丁度幕居梓の中学生時代に相当する。中学生の始まりから、二年の終わりまで。幕居梓が三年に上がる頃に、遥川悠真は突如、華々しく復活する。

「この時、一体何が起こっていたんでしょうか？　……知りたくないですか？」

尋ねられた彼は、何も答えなかった。

7

先生は低気圧に弱い。埃っぽい雨の気配が近づくと、それだけで動けなくなってしまう。眼《め》の奥が痛いと呻《うめ》きながら、普段は吸わない煙草《たばこ》を手に取る先生を見ていると、いつも気が気でなくなった。だって、煙草で何かを誤魔化すなんて、あまりにもオーソドックス過ぎる。

雨の音が私達の会話を奪う。先生はいつものように、何かに取《と》り憑《つ》かれたかのようにキーボードを叩く。雨の音を掻《か》き消《け》すように強くなるその音が、その日は不吉なものに感じられた。

こんなにキーボードを叩いているのに、先生の小説は書き上がらない。いつからか、床に散らばる物語の断片すら無く、先生の物語はハードディスクの中で人知れず消えていくようになった。私にすらそれを見せられなくなってしまったのか、と思うと素直に寂しい。

午後四時とは思えないくらい空が暗くなっても、先生は電気を点けようとすらしない。先生の顔が、ノートパソコンの画面に照らされる。暗い場所で息を潜めてじっとしている先生は、少し前の私を思わせた。

「先生」

「……何?」

「私、帰りますね」

ランドセルを背負う私にちらりと目を向けると、先生は小さく頷いた。それを見てから、玄関に向かう。けれど、靴を履こうとした瞬間、何かに止められた。

さっきまで小説を書いていたはずの先生が、すぐ後ろにいた。長い腕から順に視線を滑らせて、指先の向かうところを見る。先生の指は私の服の裾を掴んでいた。そのことに驚いて、私はランドセルを取り落としてしまう。金具が床に当たる致命的な音が辺りに響いた。

「帰るの？」

聞いたことのない声だった。服の裾を掴まれているだけなのに動けなくなる。出会った日みたいに、ランドセルを掴んでくれたらよかったのに、先生は小さく服の裾を掴むだけだった。

「雨、酷くなるよ」

独り言のような呟きだった。

「……きっとしばらく止《や》まないよ。……寒いよな、きっと」

雨なんか一年の間に何十回も降るのに、まるで未曾有の不幸のような顔をしている。

「雨が止むまでここにいなよ。風邪引いたら大変だろ」

するりと告げられたその言葉に、何だか胸騒ぎがした。薄く笑う先生に、悪意なんか少しも無いだろう。淀んだ眼が淀んだ事実を告げただけ。

「いてもいいですか」

「今更」

先生がそう言いながら、私の手を引いた。

その日の先生の手は、弾力があるゴムのようだった。熱くも冷たくもない所為で、人間味が無い。

「今日キツくてさ、頭痛いんだ。……ちょっと寝るから」

「……大丈夫ですか？」

「もうこんな日は寝ちゃうに限るんだよ。そう思うでしょ？」

言いながら、先生が見慣れない扉を開ける。

そうして現れた寝室はシンプルだった。一年以上通って一度も入ったことが無い部屋だ。加湿器とベッドだけが置かれていて、雑多なリビングとは対照的ですらある。

先生は私の手を掴んだままベッドに寝転んだ。当たり前のように私も、波打つシーツの海に沈む。きっと、想像もつかないくらい上等なベッドなんだろう。軋むスプリングがふんわりと私達の体重を受け止める。シングルベッドは狭くて、私達の距離は信じられないほど近かった。

この状況自体が何かのジョークであるかのように、先生が笑う。それを見て、何だか私の方も笑ってしまった。

「小説の具合はどうですか」

「……難航してそうに見える？　大丈夫。あと少しだから。あとは終わりを書くだけ」

綺麗な終わりの後でも人生は続いていくから耐えられないよね、と先生が小さく呟いた。なんて答えたらいいかわからなかった。もし人生が物語なら、もしかすると私の理想的な終わりはあの遊園地での帰り道だったかもしれない。もしかすると、踏切の前で先生が話しかけてくれたあの日が、そうだったのかもしれない。

「梓ちゃん、一つお話してあげようか」

先生が小さく呟く。

「どんなお話ですか？」

「ある王国に三人のパンケーキ職人がいたんだ。一人目のパンケーキ職人は、王様に生クリームの載ったパンケーキを献上した。けれど、彼は首を刎《は》ねられてしまった。二人目のパンケーキ職人は、考えた末にチョコレートをふんだんに使ったパンケーキを献上した。けれど、彼も首を刎ねられてしまった。三人目のパンケーキ職人は青ざめながら必死で考えてさ、結局何もトッピングをしないそのままのパンケーキを献上したんだ。でも、彼もまた首を刎ねられてしまった。そう、王様は実はパンケーキ自体が大ッ嫌いなのでした！　そういう話」

コメントに困る話だった。ややあって、私は言う。

「先生、その話の教訓は？」

「期待に応えられない人間は死ぬってことかな。ちなみに、三人のアップルパイ職人の話っていうのもあるんだけど、そっちも聞いとく？」

「……………うーん」

「あ、舐めてるだろ。こっちは裏切りと愛に満ちたスペクタクル巨編なのに」

そう言いながら、先生が目を閉じる。それを見て、素直に綺麗だな、と思った。神々しいとすら思う。出会ってから一年以上が過ぎた。神様の如《ごと》きお相手を、ウィットに富んだ単なる人間に引き戻すには十分な月日だ。それでも、先生は相変わらず、おぞましいほど綺麗だった。

「何だか全部、上手くいかないんだ」

「はい」

前は形にならなくても小説の断片は生まれていた。今はそれすらない。

「あとは終わりだけって言ったじゃないですか。大丈夫です。書けますよ」

雨の音がする。カーテンを閉め忘れた所為で、窓を打つ雨粒がよく見えた。先生を苦しめる要因が。

気付きたくなんかなかったけれど、伝わってしまうものは防ぎようがない。眠る先生は小さく震えていた。助けて欲しい、と切実に思う。泣きそうになったので、私の方も目を閉じた。目蓋を閉じて無理矢理涙を押し込めると、その分何かが溢れそうになって困る。


目が覚めると真夜中だった。真っ暗な中で辿った手の先にはもう先生がいなくて、慌ててリビングに走る。

「あ、起きたんだ。おはよ。っつても午前一時だけど」

先生は煙草を吸いながら、気怠《けだる》そうにそう言った。

「小学生なんか九時に寝かさないとだってのに、こんな夜中にな」

「……先生、頭大丈夫ですか」

「は？　何その煽り……って、頭痛か。あーうん、心配かけたけどもう平気」

本当は頭痛以外にも心配したいことなんて山程あった。震えていたのは寒かったからだけじゃないだろう。こんな子供の手を握らなくちゃいけないくらい、先生には何かあるんじゃないか。もう寒くはないんだろうか。泣きそうになるのを、またグッと堪える。

先生は閉じたノートパソコンの前に居た。最後に見た時から、物語はどれだけ進んだんだろう。一文字でも良いから増えていて欲しかった。

「お腹すいたでしょ。あるもんでいい?」

「……はい」

「夜中に食べるもんって何でも三割増しで美味《うま》いから」

そう言って先生が出してきたのは、大判焼きと冷凍チャーハン、それにから揚げだった。冷凍室にあったものを適当に出してきたのだろう。統一感の無いラインナップが、真夜中によく似合う。

お腹がすいてチャーハンまでがつがつ食べる私に対して、先生は大判焼きにしか手を出さなかった。それすら半分残して、食事もそこそこにノートパソコンを開く。

「梓ちゃんは食べてていいから」

そう言って、先生はキーボードを叩き始めた。雨の音に交じって、カタカタと軽い音がする。気怠《けだる》そうに、苦しそうに、それでも先生が小説を書いている。

その姿を見て、なんだか泣きそうになった。

私は先生のお友達である前に、一人のファンだった。その私が、今は先生の作品が生まれるところに立ち会っている。一心にディスプレイを見つめる目は私のことなんか見ていなくて、ただただ文字を追っていた。

私はそれが嬉しかった。先生が遥川先生でいてくれること、小説を書いていてくれること。どれだけ苦しくても小説を書いてくれること。

「先生」

そのことをどうやって伝えたらいいかわからなくて、私は一番簡単な言葉を口にした。

「私、先生のことが好きです」

果たして、先生は短く返す。

「はは、知ってる」

8

小学校の卒業式を間近に控えた三月。その頃は丁度、三作目『夜濡れる』の初校が戻ってきたところだった。

私はまだ初校を戻すという言葉の意味を知らず、先生が分厚い紙の束に向かい合っているわけも、朧気《おぼろげ》な理解しか出来ていなかった。小説はちゃんと書き上がったはずなのに、先生は変わらずしんどそうな顔をしていた。

対する私はわくわくが止まらなかった。先生の待望の新作だ。出会ってから二年が経っての、初めての新刊。床に散らばった小説とは違って、その物語には始まりと終わりがちゃんとある。

「なるまで気付かなかったもんなんだけどさ、小説家って言うのは他のあらゆる楽しみを埋めて生きていくもんなの」

「そうなんですか？……夢がある職業だと思いますけど」

「小説って自分の人生を捧げて書くものだからさ、基本的に割が合わないんだよ。ただ単に生きているだけなのに、俺達には後が無い。知ってる？この手があれば料理もピアノも出来るのに、どうして俺はそういうことをしなかったんだろ」

滔々《とうとう》とそう呟く先生は、その最中も赤ペンを走らせるのをやめない。相変わらず苦しげなのに、目の前のことを真面目にこなしていく。

「その小説、いつ出るんですか？」

「うーん、来年の五月かな？ということは、梓ちゃんはもう中学生になってるか」

「そうですね。信じられないけど」

制服や指定鞄《かばん》などの必要なものは、もう既に一人で揃《そろ》えてある。こんなことで中学生になれるのか、と思うと他愛のない気もした。

「ていうことはもうすぐ卒業式？」

「そうですね」

「行かないからね」

「まだ何も言ってないじゃないですか」

「そこまでくると本当に父親じゃん。やだよ。俺はそんなに顔出ししてる方じゃないけど、なんか言われるかもしれないし……」

「別に、先生に来て欲しいとは思いませんよ。卒業式に来てくれるくらいなら、また前みたいにどこかに連れて行ってくれた方が嬉しいですし」

これは本当だった。相変わらず私の心の支えになっているのはあの日の遊園地での思い出だった。燃費の良い心は、その時のことを反芻して今日も生きている。来て欲しくないといったら嘘になるだろうけれど、どうせなら先生が乗り気で来てくれる場所に行きたい。

それに、先生が父親の役を引き受けることも、なんだか私には躊躇《ためら》われることだった。その役割を求めてしまったら、それから先には絶対に行けないんじゃないかという危惧が、私の中にあった。果たして、それが意味するところを完全に理解していたかは怪しいけれど、なんとなく、それは嫌だな、とも思った。

「あ、でも梓ちゃんの毒母と鉢合わせたりするのかもな。一応卒業式だし」

「あの人が来てくれると思いますか？　きっと卒業式のことも知りませんよ」

言いながら、私は少しだけ想像する。父親に見られるのが嫌だと言ったこの人は、きっと誰よりもスーツが似合うだろう。小説家であるこの人は、いつでも信じられないくらいラフな服装をしている。浮世離れした彼が改まった格好をするのは想像し辛いけれど、恐らくそれはずっと似合うはずだ。

それは少しだけ見てみたい。

先生は手元の原稿に赤を入れながら、なんだか複雑そうな顔をしていた。

卒業式は、先生から貰ったあの赤いワンピースを着ることにした。中学校の制服を着るという案もあったけれど、周りのみんながお洒落をしてくるだろう中で、私一人が制服というのは、やっぱり心許《こころもと》なかった。その分、この服には思い出がある。たとえ一人で浮いていたとしても、この服で浮くのなら構わなかった。

みんなはコサージュをつけたフリルのワンピースや、本来の制服よりずっと派手ななんちゃって制服を着て、楽しそうに会話をしていた。私の事情を知っている担任の先生は、場違いな格好をしている私に何も言わずにいてくれる。

　程々に練習した校歌を歌い、長い校長先生の話を聞くと、卒業証書授与が始まった。全員の名前が呼ばれて、一人一人卒業証書を受け取るのだ。荒園美幸《あらぞのみゆき》。飯島武《いいじまたけし》。と、名前の順に呼ばれた生徒が、壇上へ上がっていく。

「卒業おめでとう」

　その言葉と共に卒業証書を渡された生徒が、ある子は得意げに、ある子は恥ずかしそうに、壇上から一礼する。体育館の後ろ側には保護者がひしめき合っており、自分の子供が卒業証書を受け取るところを、今か今かと待っている。

「――三組、藤原正二《ふじわらせいじ》」

　いよいよ私の番だ、となった時に、急に不安に襲われた。場違いな赤いワンピースを着た私は、壇上でも目立つだろう。ひしめき合っている保護者席の大人達が、好奇の目を私に向けている。

　その中に母親がいないことが不安だったわけじゃない。もし、見落としているだけで、あの人がいたらどうしよう。そう思うとどうしても不安になったのだ。

　私のことをじっと監視する、冷たい目を思い出す。赤いワンピースを纏った私が、あの人に見つかってしまったら。壇上で少しでも隙を見せた瞬間に、あの人が私を引きずり降ろそうとするんじゃないだろうか。

「三組、幕居梓」

名前を呼ばれた瞬間、ぎゅっと身体が縮こまる。私が幸せになろうとした瞬間、それは必ず私のことを引き戻しにくるはずだった。

「——幕居さん」

聞こえていないと思われたのか、担任の先生がもう一度私の名前を呼ぶ。それを聞いて、私はまるで処刑台に上がるような気持ちで壇上へ上がった。赤いワンピースに刺さる目を一心に受けながら、証書を受け取り、体育館へと視線を戻す。

一礼をした瞬間、微《かす》かな笑い声がした。

ちゃんと聞いていなかったら、くしゃみか何かと勘違いしていたかもしれない。けれど、私にはわかった。あの人は今、私を見て笑ったのだ。その声のする方向に目を向ける。

想像していたより、スーツはずっと似合っていなかった。きっと同じようにマネキン買いしたのだろう高級そうなスーツが、嵌め込めなかったピースのように浮いている。大学生のようにラフなシャツとシンプルなスラックスが先生には似合う。

保護者席に入るのが躊躇われたのか、先生は後ろの壁にもたれかかり、気怠そうにこちらを見ていた。立ち見席にいるのは大多数がカメラを持った保護者だったので、何もしていない先生は奇妙に浮いている。先生の言う通り、あの人は父親になるには若すぎた。

壇上を降りて、なるべく意識しないようにしながら席へと戻る。受け取った卒業証書が汗でふにゃふにゃになるのも構わずに、しっかり握りしめた。一歩間違えたら受け取れていなかったはずの証書だった。あの人が私に与えたものの一つだ。

幕居梓、の名前に指を滑らせる。綺麗な毛筆で書かれたその名前は、私が爪を立てたくらいでは滲まない。

証書の授与が終わるまで、その後の国歌斉唱が終わるまで、私はひたすら祈り続けた。どうか、先生がまだそこにいてくれますように。まだそこで、私を見ていてくれますように。

祈りながら卒業式は終わった。こうして私は、小学校を卒業した。

「……先生！」

「なんだよ。こういうのって気付かない振りがスマートなんじゃないの？」

「だって、先生出口よくわかってなかったじゃないですか。うろうろしてたから捕まるんですよ」

「どうせ同じ場所に帰るくせに」

先生は少しだけ歩幅を緩めながら、私が追いつくのを待っている。これ見よがしに止まってくれることはないけれど、それでも。

「卒業式、きっと泣けるんだろうなって思ったけど、そうでもなかったね」

私が隣まで追いつくと、何も言っていないのに先生が手を繋いでくれる。先生の手は、緊張からか少しだけ冷たい。慣れないことをするものじゃないのだ。

先生は絶対に口にしないけれど、私のことを、とてもよく考えてくれていた。私がいて欲しい時にそこにいてくれたし、隣に行けばそっと指を絡めてくれた。甘やかされていた、と切に思う。

「来てくれてありがとうございました」

「うん？　いいよ」

先生の手に力が籠もる。

「俺はお前を、見てるからね」

全く似合っていないスーツのまま、先生が言う。

9

中学に上がって一番変化したことは、私の格好《かっこう》だった。キュートでポップなパッケージ、女子中学生というパッケージング。いつも着ていたよれよれのパーカーとスカートを脱いで、指定のブレザーを身に着けると、正直に言って心が弾んだ。

「というわけで先生、どうですか」

一番尋ねたいことはストレートに言うに限る。まだ着慣れていない制服を着て、私は真っ先に先生の元へ向かった。春の陽気に全く浮かれることのないハードボイルドな先生は、ややあってから言う。

「似合うじゃん。可愛《かわい》い」

「……ありがとうございます」

「あ、こういうので喜ばないんだね。ま、いいんだけど」

そんなことはない。嬉しかった。この世でただ一人、先生だけが私の制服を褒めてくれる相手だった。たった一人だけの品評会だけれど、相手が天才小説家なら言うことがない。審査員には勿体《もったい》ないくらいのお人である。

先生は私のことをしばらく見つめていたけれど、その内何故かにんまりと笑った。

嫌な予感を感じた時には、もう既に先生の口が開いていた。

「どんどん大人になっちゃうね。ちょっと寂しい」

「何言ってるんですか」

「梓ちゃんが大人になるってことは俺も歳食ってるわけだし、軽くへこむ」

そう言って笑う先生の外見は、出会った時と少しも変わらなかった。私と先生との間に流れる時間の違いを思う。先生は少しも変わってくれないのに、私は制服を得て、やっぱり少し変わってしまった。

「やっぱり成長痛とかあるの？　まだ中学生とはいえ、これからぐんぐん成長していくでしょ」

「まだよくわからないです。骨って大きくなるんですかね？」

「なるよ。大きく」

言いながら、先生が私の背中に手をあてた。

先生の指先が背をなぞる度に、呼吸が浅くなるのがわかった。息を詰めていることすら知られたくなくて、リズムが乱れてしまう。それをわかっているのか、先生はゆっくりと肩甲骨の辺りに爪を立てた。

「梓ちゃんは、きっと綺麗になるよ」

言い聞かせるように先生が言う。その言葉を受けて、私はゆっくり、母親のことを思い出す。

その頃になると、私達は殆ど他人だった。母親はもう誰か別の人間のところに身を寄せていたようだから、鉢合わせることすらほぼ無かった。押し入れの中で会話を聞いた、あの男の元に行ったのだと思う。

置き去りにしていた空っぽの部屋で、娘がすくすくと成長しているのを見るのは薄気味悪かったことだろう。けれど、それに向き合う方が苦痛だったに違いない。母親は、私に干渉しなかった。私を育てている何者かの影も、先生の存在も、見て見ぬ振りをしていた。

空っぽになった部屋は単なる物置でしかなくて、私はその箱を見捨てて先生の家に入り浸っていた。夜は帰るという約束が埃を被《かぶ》り、ゆっくりと元の生活が死んでいくのがわかる。私の骨が伸びるのに合わせて、状況が変化していくのがわかる。

ただ、幸せは長くは続かなかった。

他ならぬ遥川悠真の崩壊が始まったのもその頃だったのだ。

人間に対して〝崩壊〟なんて大仰な言葉を使うのはおかしいのかもしれない。けれど、間近で観測していたからこそわかる。それはまさに、崩壊としか呼べないものだった。

一作目の『遥かの海』、二作目の『天体の考察』、そして三作目の『夜濡れる』を発表した後、遥川悠真は沈黙した。精力的に活動していくと語った若き天才小説家の、初めての挫折。最初で最後の挫折。

書いていなかったわけじゃない。先生は生活の全てを小説に捧げていた。けれど、その事実は私しか知らない。書き上げられない物語はそのまま消える。

丁度『夜濡れる』を発表して半年が経った辺りだ。新作への評価が定まり、先生に戻される頃だ。

先生は『夜濡れる』の原稿を上げた後、しばらく何も書いていなかった。こんなことは初めてだった。先生は毎日欠かさず小説を書いていた。スランプにあって没を繰り返しても、毎日キーボードを叩いていた。それなのに先生は、ぱったりと執筆を止めたのだ。

まるで処刑の日を待ってでもいるようだった。押し黙ってじっと暗い目をする先生のことを未《いま》だに忘れられない。この頃、先生はまともに眠れていなかった。ソファーで微睡《まどろ》むこともなく、ぼんやりと過ごしては、体力の限界を迎えて意識を失う。それを繰り返す日々だ。

「本が出るの嬉しくないですか？」

不眠と緩やかな拒食に悩まされる先生に、私は思わず聞いてしまった。茫漠《ぼうばく》とした目で私を見る先生は、以前に比べてすっかり痩せてしまっていた。

「……嬉しくはあるけど、本当はそれよりも恐怖が先に来る。失敗したらどうしようって」

「小説に失敗なんてあるんですか？　それに、どんな小説だって、先生の小説だったらきっと私は好きになりますよ」

私は未だに、先生の小説を反復していた。

先生が笑ったあのノートは何冊目になっただろうか？　私は『遥かの海』を写し、『天体の考察』を再現した。それだけに留まらず、私は先生が続きを書かなかった原稿もノートに書き取るようになっていた。文字通り私は先生の生み出す全てを吸収していた。

脳内の本棚は遥川悠真の物語で埋まっていた。『夜濡れる』も、発売されたら同じように大切に愛する自信があった。

けれど、その事実は先生をもう救わない。

「梓ちゃんだけに好きになってもらっても意味無いんだよ」

その言葉には、少しだけ傷ついた。けれど、その通りだと思う。先生は小説家で、沢山の人に愛されなければ意味が無い。


中学生活についての描写が欠片《かけら》も無いのは、それが特筆するべきことでもなかったからだ。朝早くに元の家へ帰り、準備をしてそのまま登校する。学校生活は可も無く不可も無かったと思う。浮かない程度の友人を作り、授業を粛々とこなす。部活動は強制じゃなかったから、見学すらしなかった。文字通りの義務教育をこなし、私は先生の元に通い続けた。今までと変わらないように、万に一つも変わったなんて思わせないように。

先生は私が来ると形だけでも食事を取ってくれた。私が他愛のない話をすると、一応は相槌を打ってくれる。もしここに私がいなかったら、先生はきっと本当に駄目になっていただろう。これは単なる自惚《うぬぼ》れじゃなく、確固たる予測だった。私じゃなくてもいいけれど、誰かがいないと駄目なのだ。

眠れない夜をベッド際の睡眠薬で誤魔化し、宣言通り、先生は三作目の『夜濡れる』の発売日を迎えた。これで先生の不安も報われるだろうという、私の楽観的な予想を携えて。

けれど、そうはならなかった。

結論から言おう。遥川悠真の三作目は評価されなかったのだ。

三作目、『夜濡れる』は、今までとは少し路線の変わった小説だった。今までストレートな恋愛小説を書き続けていた先生が、少しだけ路線を変えて、ミステリータッチで仕立てた変則的な恋愛物語を書いたのだ。

面白くなかったわけじゃないと思う。死んでしまった恋人とよく似た相手が目の前に現れるという不思議な展開。果たして目の前の彼女は自分が知っている彼女なのか？　という疑いと、信じたいという狂おしい期待！　私はやっぱり先生の小説が好きだった。

けれど、先生の言葉にも一理ある。私は先生の一番近くにいたけれど、あくまでただの読者でしかなかった。蓼《たで》食う一匹の虫では、遥川悠真は満たされない。

結局『夜濡れる』は大きく売上部数を落としてしまった。今までの路線とは少しだけ違った小説であったことも理由としてあったかもしれない。けれど、結局のところ、運だったのだろうとは思う。何せ三作目が特別つまらないなんてことはなかった。確かにそれは今までの作風とは違っていたかもしれない。けれど、新境地と呼んでも差し支えのないものだったとは思う。今までの作品と比べて部数が出なかったとはいえ『夜濡れる』だってそれなりに売れたのだ。けれど、他ならぬ先生がそれを赦さない。先生に一番厳しいのは先生自身なのだ。あの床の小説がその証明だった。

そして何より、書評家からの意見が先生を苦しめた。

天才と持て囃された先生に対しての評価は否応《いやおう》無く厳しいものになっていく。それが路線を変えた三作目だともなれば尚更《なおさら》だ。

『背伸びをした小説家の末路』だとか、『天才小説家の馬脚の露われ』という言葉が躍っていたのを覚えている。独創性に欠けた言葉だと思う。この人を詰《なじ》るなら、せめてもう少し面白いことを言ってくれたらいいのに。先生はそれらの言葉をまともに受けとって一々傷つくことを繰り返していた。

「才能が枯れたとか言ってんじゃねえよ！　お前らどうせ俺が何書いたってそう言うだろうが！　足引っ張りやがって！」

そう言いながら、ただでさえ少ない家具に当たり散らす先生のことを、まともに見ていられなかった。誰だってそうだと思う。踏切での出会いから三年以上が経っていた。先生のことを、前より深く知っている。それでも、ここまで取り乱す先生を見たのは初めてだった。

崩壊が始まっているのかもしれない、と部屋の隅で思ったのを覚えている。生きている相手にそんな言葉を使うのは不適切だと思っても、それがやめられない。

先生は突発的に部屋を荒らし、鬱憤を晴らしては睡眠薬とアルコールで無理矢理眠るようになっていった。テンプレートな悲劇だって、ハードルの低すぎる弱さだって、私にとっては無二のことだった。だって、傷ついているのは他ならぬ先生なのだ。

「先生、大丈夫です。気にすることないですから」

「何が大丈夫なんだよ！　だって、あんなに頑張ったのに報われないなんて話があるかよ！　お前だって心の中で馬鹿にしてんだろ！」

「……そんなことないですよ」

こんなやり取りをどれだけ繰り返しただろうか。一回や二回じゃない。恐慌の再放送が日夜繰り広げられて、先生と私を確実に摩耗させていった。

先生の新作には、必ずしも批判だけがついてまわっただけじゃない。決して少なくはない読者からの応援や、面白かったという声、好意的な書評なども世の中には出回っていた。それなのに、先生はそれらに背を向けて、暗い澱《よど》みの中だけに目を向けるようになってしまっていた。私が思うに、先生はとっくに限界だったのだろうと思う。

「梓ちゃんにはわかんないよ」

まるで優雅じゃない口調で、先生は度々そう繰り返した。仰《おっしゃ》る通り、先生のことなんか欠片もわからなかった。

「……わかってますよ。どれだけ一緒にいると思ってるんですか……大丈夫ですよ。先生は、平気です」

中身の無い言葉だった。こんなのは単なる願望だ。

「だって、先生は、天才じゃないですか」

私は繰り返しその言葉を先生に言い聞かせた。何度も何度も、先生の気持ちが落ち着くまで。また小説が書けるようになるまで。出会った頃の遥川悠真に戻るまで。

祈りが呪いになる可能性なんて考えられないくらいに私は子供だった。一途《いちず》に励ましていれば、奇跡が起こると無邪気に信じていたのだ。

荒れていた先生の生活が徐々に元に戻り始めたことが、私の勘違いを助長させた。時間が経てば多少なりとも生活は立て直せる。睡眠薬は相変わらず必須だったし、飲酒の量だって減ってはいないのに、先生が目に見えて取り乱さなくなったことで、立ち直っているのだと勘違いしてしまった。

私が見当違いな安心を覚える頃には、季節が変わっていた。私は順当に中学三年生になっていた。

10

「制服のリボンの色変わるんだね。前の色の方が良かった。何で最後の最後で緑になるんだろ」

「最上級生ですから、落ち着いた方がいいってことなのかもしれませんね」

昨日のことのように思っていた小学校の卒業から二年が経とうとしていた。それは即《すなわ》ち、遥川悠真の三作目の発売から、それだけの時間が経過しているということを示していた。

この二年、遥川悠真は一作も小説を発表していなかった。今でもこの二年は、遥川悠真の不遇の時代として、格好のネタになっている。若き天才の挫折。暗黒の時代。

けれどこの間、先生は取り乱すこともなく、ただただゆっくりと日々を過ごしていた。小説を書かなくなったこと以外、出会った頃とまるで変わらない。

忘れ去られていく先生は、それでも美しかった。食卓を囲んでいると尚更思った。バターに浸って鈍く光る鮭《さけ》を箸で崩す先生は、まだ微かに初期の面影を残している。先生は少しも変わらなかった。変わったのは小説を書かなくなったところだけだ。先生から小説家の肩書きは消えない。

「梓ちゃん料理上手くなったよね」

「何言ってるんですか。それ、バターで焼いただけですよ。バターで焼けばなんだって美味しいですよ」

驚くほど綺麗な箸使いで、鮭が解《ほぐ》されていく。

小説家とは、何か体内に宿った美しいものを消費しながら生きているのかもしれない、とすら思った。そして、遥川悠真のそれはとっくに焼き切れてしまったのかもしれないとも。その焼き切れた後に、果たして先生には何が残るのだろうか。崩壊とはどこまでが崩壊なのか。私は、その一線を見極める為の特等席を陣取っていた。

「中学三年生か。いい機会かもしれないな」

「いい機会？」

「もうここには来ない方がいいと思う」

先生は事も無げにそう言った。

「……何言ってるんですか？」

「迷惑だって言ってるわけじゃないのはわかると思う」

「そんな、」

「こんなこと駄目だってずっと思ってたんだ。でも、やめられなかった。梓ちゃん、今まで本当にごめん。キリもいいしさ。ここで全部終わりにしよう」

「キリがいいとかいうなら、卒業まで待っていてくれたっていいじゃないですか」

「だって、それまで俺が保つと思う？」

さらりと言われたその言葉に、息を呑む。

「だから、その前に梓ちゃんのこと、解放してあげようと思って。もう、梓ちゃんは俺に守られなくても生きていけるよ。お前だって気付いてるだろ？　もう、あんなクソ親に脅かされたりしないんだって。……ここに来れなくなる分、金なら出すから」

「そんなのいりません」

「……君の人生を搾取した。その分の代償だってことにしておいて」

先生が私にしてくれていたのは、救済であるはずだった。それが、何を間違えたら解放になるんだろう。

「俺ね、気付いたことがあるんだよね」

「……何ですか？」

「自分はこれからずっと小説を書いて生きていくんだと思ってた。でも、そうじゃなかった」

嫌な予感がした。今苦しんでいるのは先生のはずなのに、どういうわけだか私にとって致命的なことが起こる予感がした。先生の目はじっとりと濡れている。それに対してかさかさに乾いた唇が、ゆっくりと開く。

「梓ちゃん、俺はね」

「先生、」

「本当は、小説を書くことなんか、」

それ以上言わせるわけにはいかなかった。茶碗《ちゃわん》を取り落とすことも構わずに、大声を出す。

「――先生！　……大丈夫ですから」

私は必死にそう言った。この二年、お互いに触れずにいた疑問がある。決して短くない時間の中で、先生は殆ど小説を書けなかった。いつかきっとまた書けるようになる。それだけが私達を支えていた。その中で、絶対に触れてはいけない疑問があった。

――それなら、一体いつまで待てばいい？

「失望されても生きてていい？」

先生がぽつりとそう囁く。

「失望なんかしません」

それに対して、私は間髪入れずにそう言った。

「遥川先生は、本当は凄い人なんです。だって、先生は天才ですから。絶対大丈夫なんです。私は、遥川先生の小説も好きですが、遥川先生も好きなんです。先生が私を助けてくれたから、私は、先生がいなかったら……」

「もういい」

突き放すような声だった。その声に合わせて、先生がすっと食卓から離れる。

「梓ちゃんをここに連れて来たのは間違いだった」

その言葉は、私を傷つける為だけに放たれたものだった。

けれど、わかりやすい罵倒で傷つけられるほど、私の方も弱くはない。悪口を言うのにも想像力が必要だし、今の先生にはそれが徹底的に欠けている。誰がどう見たって私を拾ったのはミスだというのに、今更それを言うなんて遅過ぎる。

決断を迫られていた。目の前で駄目になっていく先生を前に、ただそこにいるだけなんて出来なかった。

それなら、一体私に何が出来るだろう？

先生が寝室に戻り、私は部屋に取り残された。明るい部屋が落ち着かなくて、電気を消す。暗い部屋の中で、私はかつて心の支えにしていたものを想《おも》う。暗闇の中で、先生の小説は私の救いになっていた。

一つだけ、思い当たる救済があった。想像力の欠けた私でも思いつく、たった一つの冴《さ》えたやり方だ。与えられたものを返そうと思った。それだけが私に出来る唯一のことだと思った。

11

それから一週間、私は先生の家に行かなかった。こんなことは初めてだった。完全犯罪を目論《もくろ》むのと、サプライズパーティーを仕込むのとはよく似ている。果たして私の感情はどちらに寄っていただろうか？

日付の変わる頃、先生の家を訪れた。一週間ぶりにやってきた私を、先生はすんなり入れてくれる。真夜中にやってきた私のことを咎めることもない。それでこそ。

先生は真夜中に現れた私よりも、私の持っている分厚い紙の束が気になるようだった。小説家の習性なのかもしれない。

「どうしても先生に読んで欲しいんです。少し読んで、つまらなかったらそれでやめてもいいので」

「……何？　今日はまたやけに必死じゃない？　もしかして梓ちゃん、小説家になりたいの？」

平坦《へいたん》な声でそう言って、先生は一ページ目を捲った。心臓が跳ねる。胸が詰まる。このまま死んでしまいそうなくらいだった。

あの日越えなかった一線が、追悼にならなかった踏切の音が、ここにあった。大丈夫、と心の中で呟く。私が相手にしているのは遥川悠真だ。彼なら気が付く。気が付かないはずがない。

数ページを読み終えた時点で、先生の顔色が変わった。

「これ、」

先生は短く言った。すかさず、その後を続ける。

「小説、書いてみたんです。先生に憧れて、自分でも」

先生は何も言わなかった。この部屋で私がしていたことを知っているはずだ。積み上がるキャンパスノート、ボールペンで書き綴られた妄執。狂おしいほどの憧れ。その結晶が、目の前のそれだった。

「先生は、私を助けてくれました」

「俺は助けてない」

いつかも聞いた言葉だった。

先生にとっては気紛《きまぐ》れだったのかもしれない。ペットよろしく慈しまれていただけなのかもしれない。それでも私は勝手に救われたのだ。

「助けたんですよ。先生が自覚していなくても、先生は沢山の人を救ってるんです」

先生は何も言わず、ただ次のページを捲った。

私の初めての小説は、ある種とても遥川悠真らしい小説だった。どこか欠けた部分のある二人が、出会うことで救われる。とてもオーソドックスな恋愛小説だ。クオリティー自体は、先生の紡ぐ物語に到底及ばないだろう。

それでも憧憬と焦燥だけはふんだんに込めた。先生の書く物語を愛する人間が書いた、正真正銘のラブレターだ。響きが甘過ぎて泣けてくる。

先生は淡々と小説を読み進めていく。それを見て息を詰めた。内臓を暴かれるような気恥ずかしさと、焼かれるような高揚が混じる。

それから何時間が経っただろうか。少しの休憩も挟まずに、先生は小説の全てを読み終えてくれた。感情は少しも読み取れない。

私は、そっと先生の手に触れた。いつだったか、隣で眠った時と同じように。ああでも、これは神様を引きずり下ろすことになるんじゃなかったっけ？　それでも、触れてしまった手は戻せないし、先生の方も振り払わなかった。相変わらず先生の手は熱くも冷たくもない。触れ合った人間の絶対数が少なくて、私はもうそれが普通なのかそうでないのかもわからない。

まるで愛されたことのない人間が一端《いっぱし》に愛情を示すなんておかしいだろうか。こんなものまで書いてしまった後でそう思う。先生と出会った頃の記憶がスティグマになって私を焼く。

先生はどろりとした目で私を見ていた。目を逸らしてしまいたくなる。こんなのは間違っているかもしれない。それでも、私は私の信仰を取り戻さなくちゃいけないのだ。

「私、先生の小説が凄く好きなんです。『遥かの海』も、『天体の考察』も『夜濡れる』も、小説の形にならなかったものも、全部。私に創作の楽しさを教えてくれたのは先生なんです。……先生に憧れてこうして小説を書く人も沢山出てくると思います。それが生きがいになるような人も」

自分でも笑ってしまうくらい、切実な言葉だった。

私は先生の小説に救われた。あの日掛けられた、たった一言に救われた。それなら、私の言葉でも何か変わるんじゃないかと思ったのだ。淀んだ目をしていた先生が、今は私のことを見てくれている。それを受けて、私は畳みかけるように言う。

「……先生の小説は、誰かを救うんですよ」

その時、先生が久しぶりに穏やかな笑顔を浮かべた。その瞬間、息が詰まる。

「ありがとう、梓ちゃん」

先生はぽつりと言った。

「……気づかなかった。いつの間にか、こんなに大きくなってたんだな」

感慨深そうに、思い上がるなら愛おしそうに、先生が言う。憑《つ》き物《もの》が落ちたように穏やかに笑う先生が、私の書いた小説にもう一度目を向けた。私の執着、私の祈り。

「あの、先生。もう遅いですし……よかったら、一緒に眠りませんか？　その、完成した勢いで来ちゃったんですけど、時間も時間ですし……」

「……子供かよ」

つっけんどんな物言いをする先生の声は、うって変わって優しいものだった。

「……そうだね。眠くなっちゃった。一緒に寝ようか」

「そうですね、寝ましょう。起きたら、きっと全部がよくなってますよ」

私は原稿用紙の束を奪い取って床に投げる。寝室の位置は知っていた。私は先生の手を引いて、雨の夜に開けたあの部屋は、ベッドから何まで全部変わらなかった。変わったのは、ベッド脇に置いてある睡眠薬の瓶くらいだ。

「大丈夫です。きっと、先生は大丈夫になりますよ」

一緒にベッドに寝転がりながら、私はもう一度そう繰り返した。

この時先生が何と言ったのかは覚えていない。もしかすると、一言も言ってくれなかったのかもしれない。

ただ、私は満ち足りた気持ちだった。ありがとうの一言で、ハッピーエンドが自動的にやってくると、無邪気に信じ込んでいたのだ。


変化は如実に表れた。私の勘違いは加速する。

カーテンを開けて、部屋のゴミを自分から片付け、過度の飲酒で嘔吐《おうと》を繰り返すのをやめた。ささやかな変化だったけれど、それらのライフハックは生活を見違えさせた。先生は少しずつまともな食事を取るようになり、顔色も少しだけよくなった。

この変化を、私は素直に喜んでいた。だって、それこそ小説みたいだ。かつて小説家に救われた女の子が、今度は彼のことを救う。外枠だけ見れば美談だし、内部から見てもそれほど悪くない。ハッピーエンドと呼んでしまってもいいだろう。私は心の底から馬鹿げた感情かもしれないけれど、久しぶりの笑顔を見せる先生を見て、「終わりにして欲しい」と思った。ここで全部終わりにして欲しい。もう不幸はここで打ち止めで、先生が小説家として再生することを示唆するだけに留めて欲しい、と。

「先生、もう大丈夫ですよね？」

やる気なく掃除をする先生の背に向かって、私は確かめるようにそう尋ねた。

「大丈夫。もう編集者さんにも連絡とってるしさ」

「本当ですか？」

「本当だよ。梓ちゃんが学校行ってる間に打ち合わせも行ってきたし」

「でもまあ、靴が汚れてたので、本当みたいですね」

「そういうの本当にやめろって」

大量のゴミ袋を二人で出して、綺麗になった部屋で久しぶりに映画を観《み》た。テレビの中ではティム・ロスが、傾く船の中でピアノを弾いている。

嘘を言っているわけじゃなかった。先生は立ち直ったし、編集さんにも頻繁に会いに行っていた。睡眠薬は相変わらず飲んでいたけれど、過度な飲酒は勿論控えたし、私を相手取る余裕も出来た。遥川悠真は真の意味で大丈夫になっていたのだ。

ところで、私は荷物を受け取らない。勝手に中身を開けたりもしないし、この部屋で私は、あくまで存在しない人間なのだ。いつかの嫉妬が根を張って、致命的なズレを育んだ。

だから私は、遥川悠真の二年ぶりの〝新刊〟を書店で初めて見たのだった。

12

たった一人に向けたこの小説と同じように、あの小説にも題名は付いていなかった。仮に私が題名を付けるならば、きっと一言『先生へ』と付けたに違いない。だから、最初は気が付かなかった。

本屋さんに並ぶ艶めく表紙に、箔押しの文字が輝く。無題だったその物語に『無題』というタイトルを付けた先生のセンスが、私はやっぱり好きだった。外連味《けれんみ》があってとても良い。

あの日から三ヵ月しか経っていなかった。先生は、とても迅速に行動したのだろう。

一体どの時点から、このことを考えていたのだろう？　一行目からだったらいい、と場違いに思う。

〝天才恋愛小説家、新境地〟という大仰なキャッチコピーが帯の上で躍っていた。カバーには誰かもわからぬ綺麗な女の子の横顔が写っている。果たして先生は、このデザインをどんな気持ちでオーダーしたのだろう。

私はいつかのように、平積みになっている遥川悠真の小説を一冊、手に取った。上手な盗み方を忘れてしまった私の手が、震えながら本を捲る。嫌な予感は波のように全身を震わせて、静かに蝕《むしば》んでいくかのようだった。

二行読めば先の展開がすっかり読めてしまう物語だった。何せ、私はこの物語を知っている。たった一人の為のラブレターが、こうして本になって全国に出回っているのだから。正気の沙汰とは思えない。

私は『無題』を手に取ると、レジに向かった。会計を済ませて店を逃げ出し、普段は入ることのない喫茶店に入る。そして、本の内容を確認していく。それすら単なる茶番だ。これから起きることへの逃避でしかない。コーヒー一杯の頼りない防衛だ。

お察しの通り、ご期待の通り？　どちらでも構わない。はっきり言おう。遥川悠真の書き上げた四作目、天才の華麗なる復活とされた『無題』は、一語一句に至るまで、あの夜、私が渡した小説と同じものだった。

「おかえり。今日はちょっと遅かったね」

家にやってきた私を見て、先生はつらっとそんなことを言った。ともすれば見逃してしまいそうなくらい、先生の態度は普段と変わらない。優雅に生物学の本を捲る先生は、動揺した私では太刀打ちが出来ないくらい平然としていた。

けれど、今日が何の日であるかを先生が知らないはずがないのだ。遥川悠真の小説は未だに特別で、出版されれば書店を沸き立たせる。そういう代物なのだから。

よくよく見れば、部屋には解かれていない荷物が、あちこちに散らばっていた。私が知らないだけで、どれかの中には『無題』が入っているのだろう。観覧車で味わった他愛のない嫉妬が、今になって巧妙に作用したのだ。

「本屋行ったの？」

先生の問いかけはシンプルなものだった。私は隠すことなく静かに頷いた。それを見た先生が、どこか安心したように笑う。

「俺まだ見に行ってないんだけどさ、平積み具合はどうだった？　目を引くカバーデザインだし、腐っても遥川悠真だし。結構いい塩梅《あんばい》だったんじゃない？」

「……沢山、沢山置かれてました。恋愛小説の新鋭、待望の新作って。みんな、先生の本を待ってたんですよ。誰もが先生の小説を見て、嬉しそうにしてました」

私は率直に感想を述べた。平台に積まれた遥川悠真の本を見て、みんながみんな楽しそうにしていたのを知っている。先生のファンが自分だけじゃないことは勿論分かっていた。通りざまに呟かれる「昔この人好きだった」の声。

かつて愛した人の小説であるはずなのに、店先で立ち読みをする客の中に、それが偽物であることを見破った人間は、一人もいない。そして、これからも現れないだろう。

「梓ちゃんのことだから、どうせ買ったんでしょ。あれ。買わなくったってここにあんのに」

鞄の中身を見透かしたかのように、先生が笑う。声も口元も笑っているのに、その目だけが恐ろしく冷たい。これだけ猶予を与えているのに核心を突かない私を、心の中で詰っていた。口の中がからからに乾いて、まともな言葉が出てこない。

「どうだった？　面白かった？」

「その聞き方は、ずるいと思います」

「まあそうだよね。でも、俺は滅茶苦茶《めちゃくちゃ》好きなの。面白いし泣けるし、読んでて楽しかった。あれが初めて書いた小説なんて思えないくらい」

　先生は心の底から楽しそうに呟いた。

「あの夜も、本当は泣きそうだった。こんなに凄いものを書けるなんて知らなかった。梓ちゃんは俺の小説の方が凄いって言ってくれるけど、俺はそうは思わなかった。どれだけ俺の文体、俺の作風に似てたって、梓ちゃんの小説はそれよりずっと面白かったんだよ」

「そんなはずありません。だって、あの小説は先生の作品には全然及ばない、単なる偽物なのに」

「そうだね。でも、もうどっちが偽物かわからない」

　鮮やかな反転だ、と先生が呟く。

「編集者に読ませて、チェックが通って校閲が入って……その間、あれが遥川悠真の新作であることを誰一人疑わなかった。書評家にも文壇にも気付かれないよ。そのくらいあの物語は完璧だった。誰一人盗作だなんて思わないくらいに」

「…………盗作」

「だってあまりにも面白かったんだもん。あれを出せば評価されるだろうなって気付いちゃったんだよ。俺は」

「……嘘だ、そんな」

「あれ？　ショック受けてる？」

私は素直に頷く。笑えないことに、私は信じられないくらいショックを受けていた。けれど、それは小説を勝手に出版されたことへのショックなんかじゃない。

あの遥川悠真が、私なんかの小説を奪って、そんなことを言うのが信じられなかったのだ。あの先生がそんなことをする違和感に耐えられない。先生自身だって信じられなかっただろう。

その証拠に、話を主導しているはずの先生が、一番取り残されたような顔をしていた。ずっと前から始まっていた遥川悠真の崩壊が、ここにきてクライマックスを迎える。

「違う……違います。あんなの、ただの先生の真似《まね》で……それでも全然及ばなくって、偽物で……」

「そう、そうなんだよね。梓ちゃんはそう思ってるんだよね」

窘《たしな》めるような口調で、先生が笑う。

「一ページ目読んでびっくりしたよ。気持ち悪くて」

けれど、その顔が紛れもなく引《ひ》き攣《つ》っている。

「俺に似た文体、俺に似た作風、俺が書きそうな物語。読み始めてすぐわかった。これは俺の小説なんじゃないか？　って馬鹿みたいなことを思うくらいには。なあそれ、どんな気分だと思う？」

先生は殆ど泣きそうだった。ここで少しでも泣いてしまったら全てが終わってしまうと言わんばかりに口元を歪《ゆが》めて、一心に私のことを見つめている。私の方も泣きそうな気分だった。そんな顔をさせたいわけじゃなかったのに。

「前半を読んでる時はおぞましかった。半ばに差し掛かって面白いと思った。終盤にくる頃には絶望したよ。誰が読んだって、梓ちゃんの書いた小説の方が面白いんだよ。……どんな気分か、わかるだろ？」

私はもう何も言えなかった。全てが駄目になっていくのをただただ見つめていることしか出来ない。

「俺に憧れて小説を書く人間が出てくるって言ったよね。いらねえよ、そんなもん」

地を這《は》うような低い声だった。踏切前で聞いた声とも、崩壊前の声とも違う昏《くら》い声。

「俺に憧れて、俺みたいな小説を書く人間が出てきたら困るんだよ。これが俺の唯一の大切なものだったのに、どうしてお前なんかに奪われなくちゃならないんだよ。おかしいだろ」

「………私は、そんな、」

「梓ちゃんの言いたいことはわかるよ。そんなつもりじゃなかった、だろ。そうだな。俺もそんなつもりじゃなかったのかも」

事態が悪い方向に向かっているのに、どうして止められないのかがわからない。先生だってそんなことを言いたいはずがないのに、言葉は止まることなく溢れ出していく。

「書評家や書店への献本はもうずっと前に済んでるんだ。みんな絶賛してたよ。かつての天才の奇跡の復活。見事なまでの捲土重来《けんどちょうらい》！　梓ちゃんは想像以上の期待に応えた。まさかこんなことになるとはね。あんなに酷評してた奴らが、掌《てのひら》を返して俺の小説を褒めるんだよ。それって何だかめちゃくちゃ面白くない？　遥川悠真は死ななかった。君のお陰だよ、梓ちゃん。死にぞこないの才能を救って、お前は俺を永らえさせた」

「先生……もう……」

「……まるで踏切での再現みたいだな。ね、これもちょっと面白くない？　昔気紛れに助けた女の子がさ、俺の窮地を救っちゃうんだもんな。伏線回収ここに極まれりって感じ？　陳腐だけどそういうの良いよね。皆こういうの好きだよ」

「先生は、それでいいんですか」

私の問いかけに、先生は黙っていた。それだけで十分だ。先生の気持ちを少しも慮《おもんぱか》れなかった私でも、目の前の悪意だけは無視が出来ない。先生は、私に憎しみを向けていた。一冊の小説が、私と先生との関係をすっかり変えてしまったのだ。

けれど、それは先生にとって、遥川悠真にとっての転換点でもあった。崩壊していく作家としての先生が、再生する気配。私はそれを確かに感じた。代わりに食い荒らされる関係が、てんで惜しくないものに思える程度に興奮したのを覚えている。だって、それさえあれば、先生はまた神様に戻れるのだから。

「で？　お前の方はどう？　別に今だって金くらいいくらでもやるけどさ。『無題』の印税とか」

「あれは先生の為に書いたものです。……先生の好きにしてください。見返りなんていらない」

「見返りがいらないわけないだろ。馬鹿な奴」

先生はそう言ったけれど、そもそも前提が違うのだ。うっかり笑いそうになってしまった。シモーヌ・ヴェイユを引くまでもなく、信仰なんて独りよがりなものなのに。

先生は何も気にしなくていいのに。私が投げた祈りに苦しんだり悲しんだりしなくていいのに。

「……先生、私まだここに来てもいい？」

「何でそんなこと聞くの？」

「ここにいられるだけでいい……それ以外は何もいらない」

「別に、梓ちゃんの好きにしたらいいよ。今までだってそうしてきたんだし。変わんないでしょ」

変わらないはずがなかった。

先生の目に滲む隠しようもない嫉妬も、これから絶賛されるだろう遥川悠真の新作も、全てが私達の環境を変えてしまう。その中で心だけが元のままでいられるのだろうか？　そんな都合のいい話があるはずがない。

「ごめんなさい……ごめんなさい」

「そんなこと言わなくていいのに」

言いながら、先生は驚くほど自然に、私のことを抱きしめた。雨の日のベッドの中でもない場所で、脈絡も無くそうされたのは初めてだった。どうしていいかわからず伸ばした手を、先生の背に回す。それでも、私達の間には恋人のような甘さは欠片もなくて、何かに従うような感じが抜けない。

それでも、腕の中は温かかった。

「信じて貰えないかもしれないけど、俺、梓ちゃんのこと大切だったんだよ。ちゃんと大切にしようと思ってた。ちゃんと代わりになりたかった。……君の、家族の」

私を抱きしめたまま、先生が小さく呟く。その言葉を聞いた瞬間、鼻の奥がつんとなって、私はとうとう泣き出してしまった。何かが間違っているのに、それを止められない無力感。

「出会った時はただの小学生だったのに、子供の成長って早いよな。……卒業式の時だって、本当は泣きそうだった。ランドセル背負ってたのにさ、その制服、凄くよく似合ってる」

「嫌、そんなこと言わないで、言わないでください」

「ずっと可愛くなった。きっと、綺麗な女の子になるんだろうなぁ。今だって、こんなに可愛いのに」

嬉しい言葉のはずなのに、それらはぽろぽろと零《こぼ》れて肌の上を滑るようだった。

「遥川先生……」

「好きだったのにな」

その時不意に、私に『遥かの海』を盗ませた時の母親の顔を思い出した。短く言われた三分二十八秒、と一緒に浮かべた表情。それは、今の先生の顔とよく似ていた。傷ついていたのか、と私は今更気付く。けれどもう遅い。何よりずるい。

「大丈夫。こんなのはもう今日限りだ。明日からはきっと、みんなの求める通りにしてやるよ」

先生はそこにいない誰かに宣言するように言う。

私は一体どうすればよかったのだろうか。今でもよくわからない。

ただ、この時点でろくなことにならない予感はしていた。こういう時の予感だけは、妙に当たるものなのだ。

13

一度挫折した人間が復活するのは素晴らしい。

一度挫折した人間が立ち直るのは美しい。

そういうわけで、四作目を発表し暗黒の時代を脱した遥川悠真に対する反応は凄《すさ》まじいものがあった。長きにわたるスランプを乗り越えた天才小説家を、皆が皆、愛を持って迎えてくれる。全てが順風満帆な天才よりも、少しくらい転んでくれた方が愛おしい。少しくらい殊勝な方が望ましい。

健気《けなげ》であれば泥だってアクセサリーだ。

発売日から書店で大々的に売り出された『無題』は、瞬く間に版を重ねた。粗悪な模造品でしかないはずのそれを読んでは絶賛する人のことを、私は心の中で軽蔑する。けれど、そんな気持ちとは関係無しに、『無題』は売れ続けた。

出版されて一年が経つ頃には、遥川悠真の最高傑作の評価は揺るぎないものになっていた。本を読んだことの無い人でも、あのカバーの少女は知っているだろう。先生の地位は、ここで不動のものになった。何せ、遥川悠真は一度挫折しているのだから。そこから這い上がった彼は、健気で美しい。

突然発生した『第二次遥川悠真ブーム』に乗れていなかったのは、ずっとファンであったはずの私だけだった。テレビに出る遥川悠真。インタビューに答える遥川悠真。小説に対する愛について語る遥川悠真。

人間的な隙を見せる天才小説家は、愛されるに相応《ふさわ》しい。客観的に見てもパーフェクトな応対だ。先生が影響を受けた映画すら、私はインタビューで初めて知った。

先生は伸ばしっぱなしだった髪を切って、綺麗な服を着るようになっていた。痩せぎすの身体に纏った優雅さが、他の人にもわかりやすい形で晒されていく。

「『無題』を書いていた頃は……有り体に言って追い詰められていましたね。小説を書くっていうのは凄く孤独な作業で。僕なんかは殆ど誰とも喋《しゃべ》らないんですよ。その中で、小説を書く人間は誰しも『これ、面白いのか？』という問いに苦しめられるようになるんです。その苦しさに耐えられなくて何度も筆を折ろうとしました」

ワイドショーに呼ばれた先生は、人当たりのいい笑顔を浮かべながら、滔々とスランプ中の苦悩を語る。差し挟まれる苦し気な声が、とても綺麗に響く。

「それでも遥川さんが立ち直ったのは、これはどういったわけなんでしょう？」

「やっぱり、僕の小説を待ってくれている読者の方の存在が大きかったと思います。『遥かの海』を読んだ読者の方の中には、今でもそれが生涯で一番の小説だって手紙を送ってくださる方もいて。そういう声に応えたい気持ちがありました」

嘘だ、と私は反射的に思った。出版社から転送されてきた手紙を、この人が開封しているところなんか、見たことがなかった。

「やはり読者の方々の存在が大きかったと。いいですねえ、遥川先生の作品は特に多感な中高生に影響を与えていると聞きますし、素晴らしいことです」

「ありがたいことです。ただ、そういった期待が重荷であることもあって。というのも、僕は結局自分の為に小説を書いているからなんですね。読者の方々に支えられてはいるんですけど、結局、僕は自分の為に書いているんですよ」

「というと？」

「だって、書く理由なんて一つしかないじゃないですか」

先生が手元の『無題』を撫でながら、笑顔で言った。

「――小説を書くのが、好きだから」

そんな素敵な笑顔で言わなくても。


「梓ちゃん、はい、これ」

先生が色々なメディアに露出するようになって、まず私に与えられたのは、鈍く光る合鍵だった。四年近く二人でいたはずなのに、未だに与えられなかったそれを、あっさりと私の手に握らせる。

「これから俺、いなかったりするだろうから。適当に中入っていいよ」

先生は事も無げにそう言うと、穏やかに笑った。

雑誌の取材、テレビの取材、本屋さんでのサイン会。今までの分を取り返すように、遥川悠真は表舞台に上がり続けた。顔色だって見違えるみたいに明るい。元々、そこにいるだけで鮮やかな人だったから、どう足掻《あが》いたって魅力的だ。

「今日限りだ」と言った先生の言葉通りだった。もう先生は部屋で一人苦しんでいるだけじゃなかった。傘を差して雨の中に出ていく先生の姿を見る日が来るなんて思わなかった。

雨の日に外に出られないより、雨音を好きでいられる人間の方が健全だと思う。結末の無い小説に向き合って苦しむより、今の状態の方がずっと理想的だ。

インターホンを鳴らすより先に合鍵を挿して、中に入ったら空っぽの家で先生の帰りを待つようになった。誰に命じられたわけでもないのに、自然と息を殺す。

この頃になっても私の成長は止まらず、平均より少し高いくらいになっていた。栄養に気を遣っていたわけでもないのに、私の骨はどんどん伸びた。先生が守ろうとした小さな私が少しずつ消えていく。

それが私には怖かった。華麗なる復活を遂げた遥川悠真がこれからどうなるのか、私には想像もつかなかった。私がしでかしたことが一体どんなことだったのかすら、私は気が付いていなかったのだ。

14

仕事に出る日の先生は、概《おお》ね真夜中に帰宅した。部屋の明かりが点いている時点で予想はつきそうなものなのに、私を見る先生は、いつだって驚いた振りをする。

「なんだ。いたんだ」

「……すいません」

セミフォーマルの衣装を脱ぎ散らかしながら、先生がこちらに歩み寄ってくる。高そうなジャケットが床に無造作に投げられる様を見たら、きっとまともな大人は眉を顰《ひそ》めるに違いない。

そのまま先生は私のことを抱きしめた。あまりにスムーズな所作だったから、私はとうとう逃げることすら出来なかった。

先生からはお酒の匂いがしなかった。飲みの席で一滴も飲まずとも赦される人だ。酩酊しなくたって、先生はその場に馴染むのがとても上手い。楽しんでいる振りをするのも、酔った振りをするのも、その流れに任せてこうして抱きしめることだって、彼はとても器用にやってのける。

先生はしばらくそうしていたけれど、やがて小さく息を吐いてから私の身体を解放した。そして黙ったまま、私の手を引いて寝室へと向かう。昔はあんなに饒舌《じょうぜつ》だったはずの先生が、なんだかとても静かだった。

「……前にもこういうことありましたよね」

「あったっけ？」

「雨が降ってて、それで、三人のアップルパイ職人が……」

「なんだっけそれ」

「先生が話してくれようとしたんですよ。愛と裏切りに満ちたスペクタクル巨編だって」

「本当に？」

「これ先生が言ったんですからね」

「……そんなの適当言っただけだろ」

果たしてそうなんだろうか、と私は思う。あの時の先生の頭の中には、もしかすると本当に素敵な物語があったんじゃないだろうか。

「これからは、梓ちゃんが作るんだよ」

暗闇の中で、先生が静かに言った。

「新しい小説も、遥川悠真も、全部お前が作るんだ」

器用な人だ、と思う。あの夜にぶつけられた暗い激情は、もう影もなかった。せめて酔っぱらってくれていたら、と切に思う。

「今日さ、色んな人に同じことを聞かれたんだ。次回作はいつ？　ってさ。みんな遥川悠真の次回作が欲しいんだ。見事に復活した作家の、特別な言葉が」

「もう一度書けってことですか？」

「もう一度じゃない。何度でもだ」

先生がそう言って笑う。暗闇に慣れた目は、先生の表情がよく見える。

つまり、私に担わされたのは遥川悠真のゴーストライターだった。

私と先生は二人で世界を騙《だま》し通し、期待に応えることを迫られた。断れるはずがなかった。先生が救おうとした可哀想な子供はもうどこにもいない。それなら私は、別のものを見つけなければいけなかった。この部屋にいる為の新しい理由を。

求められた新作も、意外なほどすんなり筆が進んだ。どんなものを書けばいいのか、どんなものを求められているのかが手に取るようにわかる。私は遥川悠真でありながら、彼のファンでもあるのだから。私の小説をおぞましいと思った先生の気持ちが今ならわかる。

私は遥川悠真の全盛期をそっくり写した忠実なコピーだった。文体も、感性も、およそ小説に必要なものの全てを先生から抜き取った、クローンのようなものだった。

そんな生き物に目の前で微笑まれて、発狂しない自信がない。

もう書けなくなってしまった先生に代わり、先生の書きそうな小説を、かつての天才が求められたものを、私は淡々と書き連ねた。

そうして生まれたのが『エレンディラ断章』だった。『無題』までとは行かずとも、初の短編集ということで結構な話題を呼んだ。それを受けて、先生は更にメディアへの露出を増やしていった。

小説を書いていたのが私だというと、まるで私だけが遥川悠真であったように思われるかもしれない。

けれど、遥川悠真が有名小説家であり続けられたのは、偏《ひとえ》にこの先生の精力的な活動が実を結んだ結果だと思う。誰しも見慣れた相手のことを好きになってしまうものだから、様々なところで華やぐ彼の本を、手に取らずにいるのは難しい。

そんな先生だったから、当然、家に帰ってこないことも増えた。待ち続ける内に日付が変わり、中学生が起きているには不健全な時間になる。

それでも私は、一人では上手く眠れなかった。

そんな夜は先生の睡眠薬を少しだけ拝借して、こっそり飲んでは、無理矢理眠るようになっていた。先生は恐らく気付かなかっただろうと思う。何せベッド脇のそれは、かなりの頻度で中身が増減していた。先生は未だに、上手に眠れるわけじゃない。

あの時期は遥川悠真の命を削った黄金期だった。徐々に地位を確立していく。けれど、その土台には生活の安定だとか、穏やかな睡眠だとか、そういうものが使われていた。

今となっては、あれが遠回しな自殺だったんじゃないかとすら思う。でも、先生の誂《あつら》えた処刑台は、そのまま体の良い舞台になってしまったのだった。

＊

「あの、幕居梓の件で気になることが」

「何だ？」

「幕居梓が注文していたものが何かわかりましたよ。一週間ほど前に、元の家の住所に頼んでいたんですよ。母親と暮らしていたアパートの方ですね」

「解約してなかったのか？」

「らしいですね。そこに書いてあることが正しければ、『無題』からの印税は全て、幕居梓のお金ですから。遥川がそれを渡していれば、家賃も支払えたことでしょう」

幕居梓はもう逃げ場所を求めるだけの子供じゃない。小説の中の幕居梓は成長を厭《いと》わしく思っていたけれど、遥川の庇護《ひご》無しで生きていけるのなら、そちらの方がよっぽどいいだろう。

「何頼んだんだ？」

「……まあ、本人が頼んだものかもわかりませんが。蕎麦の葉のエキスです。健康食品ですね。主に高血圧や肥満に効くそうです」

「まだそんな歳じゃないだろ」

「美容にもいいそうですよ」

少しも興味の無さそうな声で、彼女は言う。

「幕居梓の鞄の中に容器がありましたが、中身はありません。基本的には飲み物などに混ぜて毎日摂取するものらしいですから、一気に何かに使ったんでしょうね」

「……何かに」

「ところで、この国のアレルギー症状は特定の限られた食品で食物性アレルギーの殆どの原因が説明できるそうですよ。日本アレルギー学会がそう発表しています。鶏卵、牛乳、小麦、あるいは蕎麦などですね」

言葉は、淡々とそう続いた。

15

『エレンディラ断章』を発表した直後、母親と最後の会話をした。

母親が家に帰らなくなってから久しかったけれど、鍵は変わっていないし、時々彼女が出入りしているのは知っていた。むしろ今まで鉢合わせなかったことが不思議だった。

久しぶりに見た母親は、自分の記憶よりもずっと老け込んでいた。当然かもしれない。私はもう既に十五歳になっていた。疎遠になっていた四年は決して短くない。

「……お母さん」

「あんたまだそんな気持ち悪い呼び方」

お母さんは口の端を歪めてそう吐き捨てた。でも、いつかの時に感じた恐怖はもうどこにもない。

「あんた、ここに住んでるの」

「……ここは私の家だから」

「知ってるんだからね。あんたがどっかの男に引っ掛かって、寄生して暮らしてんの。血かね」

的外れな言葉過ぎて笑ってしまった。寄生なんてとんでもなかった。先生は印税の殆どを私用の口座に入れていたし、ここの家賃だって、払おうと思えば私が払えるくらいになっていた。私が先生の傍にいるのは、そんな理由じゃない。

「そいつに捨てられたらどうするの。また私に泣きつくの？」

「お母さんに迷惑は掛けないよ。私は一人で大丈夫」

これは正しいとは言えなかった。私の独り立ちは全て、遥川悠真の力あってのものだ。先生の姿を借りてこそ、私は小説を書けるのだ。

「生意気言わないで。一人じゃ何も出来ないくせに」

「……そう思う？」

「何でもこっちの顔色窺うような、気持ち悪い子だったんだから」

母親はもう腕時計を着けていなかった。裸の手首はもう私に指示を寄越さない。母親が寄り付かない間に、この部屋は殆ど物置になっていた。『遥かの海』や『天体の考察』が、あるいは『無題』や、出たばかりの『エレンディラ断章』が床に置かれ、あの押し入れの中には、先生の原稿が仕舞われている。

「お母さん」

「……何？」

「文字の多い本は、今でも読めない？」

どうしてそんなことを言ったのかは分からない。その瞬間、母親の顔がわかりやすく歪んだのが見えた。何も言わず、玄関へと向かう。それきり彼女とは会っていなかった。

お母さんが何処に身を寄せているのかはわからない。それでも、幸せであるとは思えなかった。

これをきっかけに家賃の支払いが停止したと聞いたけれど、私は先の考え通りのことをした。即ち、自分の為にこの家を残すことにしたのだ。対面での手続きが必要なようであれば先生に手伝ってもらおうと思っていたけれど、中学生でも引き落とし口座の変更くらいなら出来るのだ。

高校は、先生のマンションから程近い西ヶ浦というところを受けることにした。本当は高校だって行かなくていい気でいたのだけれど、先生がぽつりと「高校は出た方がいいよ」と言ったから、それに従った結果だった。

受験までは三ヵ月しかなかったけれど、受かる自信はあった。暗記は誰よりも得意だった。

「先生はどこの大学だったんでしたっけ」

出かける準備をしている先生に、そう尋ねた。先生が口にしたのは、都内のそこそこ頭のいい大学の名前だった。カトリックの大学として有名なところ。およそ神様なんか信じていなさそうな先生には、似合っているようにもいないようにも感じた。

「でも、俺結局大学中退してるんだよな。ほら、賞取ったのが丁度大学の頃だったから、どうでもよくなっちゃって」

「学部は？　何学部でした？」

「経済学部。そこも真似すんの？　このままいくと梓ちゃんが代わりに卒業もしてくれんのかな」

笑えない冗談だったのかもしれない。笑うより他に無かった。

「……中学の卒業式ってもうすぐ？」

「そうですね」

中学校の三年間はあっという間だった。崩壊を間近で眺め、先生の真似をして小説を書き、人知れず出版の日を迎え、遥川悠真が華々しい復活を遂げた三年間。借り物のような三年だったけれど、私はそれでも満足だった。

「卒業式は来なくていいですから」

何かを言おうとする先生を制する為に、先に口を開いた。

「私も出ません」

はっきりと言ったその言葉に、先生が少しだけ驚いた顔をした。そして、つまらなそうに呟く。

「……ああそう」

その時の先生の顔は、なんだか少しだけがっかりしているようにも見えた。

「高校行くなら、また制服買わないと」

先生は、印税の殆どを私の口座に振り込んでくれていた。結構な大金だ。お金の使い方をまともに知らない私には扱えないくらいの桁だった。買うものといえば制服くらいしかない。欲しいものなんて何一つ無かった。私の日々は、ただ小説の為にあったのだ。

「卒業祝いとかいらないの？」

『無題』を発表してからは、こうしてまともに会話出来ることの方が珍しかった。私に欲しいものを尋ねる先生は、出会った頃と同じ目で私を見ている。そのことに気付いた瞬間、なんだか泣きそうになった。情けない顔を見せたくなくて、思わず下を向く。

「──何もないです。何もいらない」

「無欲だね、梓ちゃん」

「そんなことないですよ。私は案外……」

「それじゃあいいや、こっち向いて梓ちゃん」

先生の言う通り、私は間抜けな顔を晒した。

ぬくいとかぬるいとか甘いとかそうでもないとか、そういうことは一切なかった。

私はその夜、キス一つの為に『未成年淫行』を検索した。可愛らしいエピソード過ぎて涙が出る。

16

遥川悠真は小説家だったけれど、プライベートすら見世物であった辺り、アイドルに近かったのかもしれない。

『恋愛小説家として不動の地位を築かれた遥川先生ですが、ご自身の恋愛の方は？』

その瞬間、画面の中の先生が私を見た。あるいは画面の前に座る全ての観客たちを見た。それを受けて、一瞬、息を呑む。

「それは秘密です。というか、僕の恋愛事情なんて需要ないでしょ？」

『そんなことありませんよー、ね、工藤《くどう》さん？』

『そうですよぉ。遥川先生といえば女性ファンも多いことで有名で。きっと皆さん、プライベートも興味津々ですよ』

「小説家の生活なんて地味なものですよ。ただひたすら家でパソコンに向かい合ってるだけですから……」

エンターテインメントとして消費される側の遥川悠真。小説が書けなくなってもなお、先生はそれを完璧にこなしてみせた。元よりスポットライトの下が似合う華やかな人だ。四角く区切られた世界の似合い方といったらない。

　この頃もう既に先生は〝私〟の小説を読まなくなっていた。

最高傑作だと謳《うた》われた『無題』に続き発表された『エレンディラ断章』は、凋落《ちょうらく》することもなく誉《ほ》めそやされた。

スランプから脱し、謙虚に小説を書き始めた遥川悠真は「一皮剝《む》けた」なんて抽象的な言葉でその地位を確立していく。報道番組やバラエティーで見せる、人懐っこそうな笑顔もきっと影響していたのだろう。だって、そのキャラクターは愛らしい。

二作目である『天体の考察』の映画化も大々的に決まり、その人気を後押しした。

「本当はずっと前に話は来てたんだけどさ、こういうのって時期じゃないとぽしゃるから、そのままだったんだよな」と、先生が笑う。その〝時期〟を、先生は完璧に迎え入れていた。流れに乗ってしまえば、全ては先生のものだ。

けれど、先生は『エレンディラ断章』を読まなかった。私の確認する限り、読んでいなかったと思う。出版社の名前が大きく書かれた献本の包みを、先生は開きすらしていなかった。けれど、あの先生が一人で本屋さんに行ったとも思えなかった。

『エレンディラ断章』の包みは『無題』の包みと一緒に部屋の隅に転がっていた。版を重ねる度増える献本で、殺風景な部屋はまるで倉庫のような有り様《さま》になっている。

「送ってこなくてもいいよ、って言うの忘れちゃうんだよな」と、先生が言う。

「先生、『エレンディラ断章』読まないんですね」

「内容は知ってる」

先生は、淡々とそう語る。

「ワイドショーなんかに出るとみんなあれの話するからな。ダイジェストで一番受けのいい短編……『エウヘメリズム』だっけ？　ストーリーが説明されてさ。あれ見る限り、やっぱ梓ちゃんの小説は面白いなって思うよ」

「そうですか」

「あれを見るに思うんだけど、今はもう小説読むのすら面倒なんだろうね。ネットで検索すればそれなりに内容分かるし」

先生は『エレンディラ断章』を持った私を横目に見ると、ソファーに寝転んで大きく伸びをした。その昔、ソファーの周りには、先生の趣味らしい沢山の新書や学術書が置かれていた。数は少なくても、小説だってあったはずだ。けれど、今はもう本自体が一冊も無い。

「先生、眠るならベッドに行った方がいいですよ」

「どうせ寝られない」

突き放すような言葉だった。

先生は、以前よりもずっと酷い不眠症に悩まされていた。私には絶対に言わないけれど、収録や書店回りの合間を縫って、先生が安眠を求めに病院へ行っているのを知っている。ベッドサイドにある睡眠薬の瓶は、以前よりずっと効き目の強いものになっているはずだ。

先生は夢と現実の狭間《はざま》にいるように、悪い意味で浮足だっている。お金も名声も手に入れたはずなのに、先生は少しも幸福そうじゃなかった。

「梓ちゃん」

テレビの中での華やかさなんて少しも無い、沈んだ声がする。

「はい」

「学校どうだった？」

少しも興味がなさそうな声なのに、先生はそれが何かの義務であるかのように尋ねた。義務感なのか罪悪感なのか、はたまたその両方なのか。ここで嘘を吐いたとして、先生にはきっと何一つわからないだろう。

「普通でした」

「あっそう」

安心したように、先生がそう呟いた。まるで、その一言の感想だけが、先生を辛《かろ》うじて何者かにしてくれているかのように。

「俺はね、最悪だった」

先生は少しも幸せそうじゃなかった。スランプを乗り越えても、沢山の人に愛されても、それでも少しも救われていない。この時点で、私は気付けばよかった。それなのに、敢《あ》えて見ない振りをした。

私達にとって大きな事件が起きたのもその頃だった。

先生が出演するのは他愛のないバラエティーやクイズ番組などの、概ね小説とは関係のないものが主だったのだが、その日のオファーは、それらとは少し違ったものだった。

コーナーとしては小さなものだけど、その仕事はタレント寄りのものではなく、小説家としての出演要請だった。先生のファンですら覚えていない人が多いと思う。読書好きを公言する芸人と先生が対談形式で向かい合い、新作の構想について話すという趣旨の企画だ。

「小説の話をしろっていうのは久しぶりだな」

「……大丈夫ですか？」

「プロット見ていいって言ってるし、記憶力が死にまくってる今の状態でもいけると思う」

「そうなんですか」

それを聞いて安心した。それならちゃんと事前の準備をすれば、失敗することはない。私がちゃんと次回作の構想をしっかりと書いたプロットを用意すれば済む話だった。

「次回作……」

「まだ出来てないの？」

先生が訝《いぶか》し気にそう言った。慌てて、私は答える。

「いえ。大丈夫です。一つ考えていたものがあるので、それをプロットに起こします。打ち合わせは来週ですよね？　週末には出来るようにしますから」

そこまで言って、ふと思った。私の小説を読まなくなってしまった先生は、果たしてプロットは読んでくれるのだろうか？

先生が私の小説を読まなくなってしまった理由は、単に無精になったからなのか。それとも、別の理由からなのか。その判断が私にはつかなかった。

別の理由を、想像出来ないわけじゃない。あの日の夜に「どちらが偽物だかわからない」と小さく言った先生は、今でも同じことを思っているのだろうか。

「……先生」

聞いてはいけないことのような気はしていた。けれど、止められない。

「何？」

「私、必要ですよね？」

果たして、先生は言った。

「君がいなくなったら誰が書くんだよ」

そこから先を更に問《と》い質《ただ》すことは出来なかった。先生は相変わらず微笑んでいるし、収録日は迫っている。遥川悠真には『エレンディラ断章』に続く六作目が必要だった。才気溢れる新進気鋭の小説家は、コンスタントに素敵な物語をお届け出来なければ。

張り詰めた空気の中で、先生が私のことをそっと撫でた。

器用な手つきだ。その手だけで、私が黙ると知っているからこその手つきだ。

私は先生を信じた。恐らく、信じたかったのだろうと思う。小説を読んでくれなくてもいい。自分の名義で出版されている小説すら、まともに読めなくなってしまったのだとしても、それならそれで構わない。

でも、もしそれがプロットにまで及んでしまったら？　私に対する仄暗《ほのぐら》い憎しみが、簡略化された物語にまで及んでしまったら？

先生は今、どの程度まで私を赦してくれているだろう？

ともあれ、私は言う通りにした。プロットを用意すると先生に宣言してしまった以上、〆切《しめきり》を破るわけにはいかなかった。

読んでもらえるものを、必要とされるものを、と思いながら、私は必死で作業に励んだ。苦しくなかったと言えば嘘になる。それでも私は週末に間に合わせなくちゃいけなかった。そうでなければ意味が無い。

その時初めて、先生の寝室にあるウォークインクローゼットの中に入った。

そこを選んだ理由は特に無かった。先生の家には押し入れが無く、その場所が一番私の原点に近かったのだ。

殆ど使われたことが無いのか、中は埃っぽく、じっとりと空気が湿っている。それを嗅いだ瞬間、身体が固くなった。呼吸が浅くなって、涙が溢れそうになる。少しも褪《あ》せていなかった。私はあの場所が嫌いだった。それでも私はその中に足を踏み入れる。

暗闇の中に身を預けて、記憶の中の本棚にある『遥かの海』を探る。この感触だ、と思う。あの押し入れの中と同じように体を縮めながら、私の救いだった頃の先生の小説を思い出す。出会ったばかりの頃、散らばっている原稿を拾い集めた物語の断片。苦しみの中で、私の求めた遥川悠真は一層はっきりしていくようだった。耐えられない恐怖が根底にあるからこそ、私の意識は一心に先生の小説に向く。かつて私を救ってくれたものに。

それを繋ぎ合わせて、私はどうにかプロットを完成させた。その時、私は初めて物語の作り方を知った。

そして、先生が番組の打ち合わせに出かける日がやってきた。

私のプロットは先生の鞄に入れてある。ちゃんと完成した、先生に相応しい物語だ。

先生は、外出用の洒落たジャケットを羽織っていた。手に持っているのは、今をときめく小説家に相応しい洒落た鞄だ。そこに、私達の作品が入っている。

「先生、いってらっしゃい」

私は学校をサボって、先生を見送ることにした。学校を平然とサボる私を、先生は責めもしなかった。

玄関に立つ先生が、目を細めて私のことを見ていた。どういう気持ちで私のことを見ているんだろうか。私にはもう先生のことが分からない。

今回のプロットに、私はとある仕掛けをしていた。先生が私の物語が受け入れられなくなっているのかどうか、それとも、先生の中でそれはもう忌まわしさしかないものに成り下がっているのかどうか、それが分かるような仕掛けを。

もし先生がまだ私の書いた物語を、ほんの少しでもいいから好きでいてくれるなら何の問題も無い仕掛けだ。先生の心を試すような真似をして申し訳ないと思う。けれど、もしこれで私の気持ちが伝わらないのなら、番組の企画自体が潰れてしまうかもしれない。

そのくらいの賭けだった。私はそれを担保にしてでも、先生の気持ちが知りたかった。

数秒の沈黙が下りた後、先生が言った。

「それじゃあ、行ってくるね」

私は祈るような気持ちで先生を見送った。それくらいしか出来ることがなかった。

先生が帰宅したのは、出て行ってから数時間ほど経った後のことだった。随分早い帰宅だ。円滑に事が運んだのならありえないだろう帰宅時間だ。

「ただいま」

玄関から声がした瞬間、私は飛び跳ねるように先生を迎えた。気怠そうに靴を脱ぎ散らかしながら、先生が何かを確かめるように私を見る。それに対して、私は出来る限りの笑顔を浮かべた。

「早いですね」

「……そうだね」

先生は洒落たジャケットを投げ捨てると、ソファーにだらしなく寝転んだ。皺《しわ》にな りますよ、と言おうとして、結局黙る。次に表に出る時は、それに相応しい服を誰か に見繕ってもらえることだろう。次に誰かのところに出る時は、また別の遥川悠真だ。

「番組、出るの止めることになった」

先生がぽつりとそう呟くのを聞いて、私は小さく身を強張らせる。けれど、想定さ れていた結果でもあった。決して好ましくはないけれど、私はこうなることを何処か で知っていたような気がした。

「私のプロット、読んでくれました？」

「読んでない。次の小説、どんなの？　恋愛小説？」

「……そうですよ。運命の人と、出会う話」

私はそう言って、先生の鞄から赤いファイルを取り出した。結局日の目を見ること の無かったプロットは、先生の言う通り少しだけ大人向けの恋愛小説だった。目を通 してなんか無い癖に。

「梓ちゃんの得意分野だ」

そう言いながら、先生が私の持っていたファイルを取り上げる。

先生は数秒だけそれを見つめてから、ファイルをゴミ箱に捨てた。それだけじゃなく、鞄の中身を全てそこに放り込んでいく。まるでさっきの打ち合わせの痕跡を全て消そうとしているかのように。空っぽになった鞄を放ると、先生が小さく息を吐いた。

「捨てるんですか？」

「もういらないだろ」

「……そうですけど」

私は大人しく頷く。それを見た先生が、何だか満足そうに笑った。

「なあ、焼きに行こうか」

「焼きに行く？　何をですか？」

「全部だよ」

冗談だと思っていたのに、先生はその夜本当に車を出した。車に乗るだけの献本を持って、火を使えるキャンプ場に向かう。先生はお金持ちだったから、キャンプ場の一区画を貸し切りにすることだって出来た。資本主義って素晴らしい。

もう既に出来上がっていた組み木に火をくべて、先生は躊躇いなく自分の本を燃やし始めた。同じ表紙をした大量の本が火に捲《ま》かれて見えなくなっていく。

献本は部屋を埋め始めていた。荷解《にほど》きすらされないそれらを置いておく道理は無い。読まれなければ『無題』も『エレンディラ断章』も『遥かの海』も等しく意味が無かった。

「これ、一体何なんだろうな」

揺らめく炎を眺めながら、先生が言う。

人気のないキャンプ場で、炎だけが私達を照らしていた。私の愛した『遥かの海』も、私の書いた『無題』も等しく焼けていく。図書館で借りた『天体の考察』のことを思い出した。あの後、私はあの本を失くしてしまったことにして、司書さんに必死で謝ったのだ。彼女はその言葉を素直に信じて、気にしなくていいのだと慰めてくれた。

あの時の一冊が全てを変えてしまった。

先生は私に背を向けて、ぼうっと火を眺めていた。スケジュールを詰めているからか、まともに眠れていないからか、その横顔に生気がない。背中を丸める彼が、あの遥川悠真と同一人物とは思えなかった。

私の足元には大ぶりの石が転がっていた。私が両手で抱えてようやく持てるような石だった。しゃがみ込んで触れると、指先に痛みが走る。音を立てずに慎重に持ち上げれば気付かれない距離だった。

この時の私はどうかしていたのだと思う。目の前に広がるシチュエーションも、ここに今二人きりであるという事実も、全てが私の正気を失わせていた。

そして何より、私は裏切られた気分だった。

先生がさっきやったことは、私に対する明確な裏切りだった。選んだのは先生であるはずなのに、どうしてあんなことをしたのかが分からなかった。……赦せなかった。

指先に力を込める。今決意すれば、数秒後にはきっと殺せる。そうすれば、全てが終わるはずだった。そう出来なかったのは、先生が私のことを見ないまま、小さく呟いたからだった。

「ごめんね、梓ちゃん」

その一言だけで、もう駄目だった。

「こんな夜中にキャンプファイアーとか頭おかしいわ」

そう言って、先生が小さく笑う。本当に久しぶりに聞いた声だった。それだけで、私の手は石から離れ、あっさりとこのチャンスを棒に振った。

そんな言葉に騙されたりはしなかった。先生が謝ったのはそんなことじゃないだろう。散々過ごしてきたのだ。今更それを気にするはずがない。

私は何も言えずに、ゆっくりと先生の向かいに戻った。組み木の中で私達の小説が燃えている。

火が消えるまで、私達は何も喋らなかった。その夜はそれきりだった。

それからも先生は華々しく活躍を続け、そして私は、ひっそりと高校生になった。

17

西ヶ浦高校への受験は無事に成功した。何の感慨も無かったし、私の生活も変わらなかった。制服はブレザーからセーラー服に変わったけれど、そのくらいだ。

新しい制服に身を包んだ私のことを、先生はもう褒めてくれなかった。ちらりと一瞥しては目を逸らす先生に、なるべく明るい声を掛ける。

「新作、もう少しで出来ますから。楽しみにしていてくださいね」

先生は何も言わなかった。

この時私は、七作目の『白昼夢の周波数』を書いているところだった。小説の執筆をしながら、一方で新しい企画を立てる。気に入らなければ納得がいくまで書き直し、妥協は一切赦さなかった。

ここまで根を詰めるようになったのは、明らかにあの一件が原因だった。自分の書いたプロットは認められなかった。そのことが頭から離れない。私はもう必要ないんじゃないか。私は先生の納得のいくものが書けなかったんじゃないか。そんな考えが頭の中を埋め尽くし、居ても立ってもいられなかった。

自分のノートパソコンを広げて、物語の断片を生み出していく。この構図には見覚えがあった。ダイニングテーブルに着く遥川悠真を思い出す。

先生の寝室から睡眠薬を拝借する頻度が増えたけれど、効くかどうかはまちまちだった。そんな時は決まって、あの暗闇に救いを求めた。クローゼットは私の場所だった。あそこだけが、私を救ってくれる場所だった。遥川先生以外に救いが無かった時まで戻らないと、私は小説が書けなくなっていた。

今度は先生が私の〝崩壊〟を目の当たりにする番だった。

不規則な生活、取り繕うことも出来ない習慣の乱れを、先生は無視し続けた。もしかすると、これが小説家の迎える当然の結末だと知っていたのかもしれない。私が緩やかに摩耗していくのは、先生にとって当然のことだったのだ。

それとも、これも先生の復讐《ふくしゅう》だったのだろうか？

それならそれで構わなかった。どんな理由だろうと、私は先生の傍にいられたらそれでよかった。お母さんがいなくなったあの日、突然精彩を欠いたあの『遥かの海』と同じように、先生の中の私が無価値なものになるのが怖かった。その恐怖から逃れる為なら、たとえ寿命が削られようとも構わなかった。

判然としない意識の中で私を導いてくれたのは、やっぱり先生の存在だった。先生との関係を終わらせることへの恐怖が、限界をとうに超えた私を奮い立たせてくれていた。

そんな日々を送っていたからか、私はその日、ミスを犯した。

単行本用の長編の執筆の他に、遥川悠真は雑誌に載せる短編の仕事もこなしていた。原稿用紙にして八十枚程度。それらの依頼が月に一回はあった。

さっきも言った通り私は凝り性で、自分が納得のいくまで何度も修正を繰り返す癖があった。一本の短編を出す為に、三本の短編を没にするような性格だった。その分作業量は増えるし、当然ながら疲労も溜まる。けれど、やめられなかった。少しでも自分が『偽物』に堕《お》ちてしまえば、その瞬間全てが無駄になると知っていたからだ。

その日の明け方、私は雑誌用の短編を提出し、そのまま学校に向かった。今回は四本の短編を書き、その中で一番良いと思うものを提出した。今思えば狂気の沙汰だと思う。ただ、当時の私にはそれくらい身を削る義務があった。天才小説家でいる為の責任が。

だから、昼過ぎに来たメールを見た時には心底取り乱した。受け取った旨を伝える確認メールに記されている新作短編のタイトルは、私が送ったものとは違っていたからだ。

言ってしまえば、単純な送信ミスだ。私が珠玉の一本と決めた短編と、没にした短編。その二つを取り違えたのだ。今思えば、そこまで気にするようなことでもない。送ってしまった短編は短編でそれなりの出来だったし、手を抜いたわけじゃない。けれど、当時の私には少しの妥協も赦せなかった。

とはいえ、私には時間が無かった。西ヶ浦高校と先生の家は電車で三十分はかかる位置にあり、〆切は今日の午後一時だった。幸い小説のデータが入ったUSBは持っていたけれど、その日は生憎《あいにく》、コンピュータールームの点検日だった。運の悪いことこの上ない。

私の取り乱しようは想像に任せる。ただ、見ていて楽しいものじゃなかったことは確かだ。

そんな私の目に飛び込んできたのが、中庭を挟んで北側にある小さな教室だった。

散らかった部屋の中央に、パソコンが二台並んで置いてある。手段は選んでいられなかった。咄嗟にその教室に飛び込んで、中にいる生徒に声を掛ける。

「あの！　パソコン使わせてもらえませんか？　……送らなくちゃいけないものがあって」

「うん？　なんだ？」

中にいたのは、快活そうな風体をした一人の男子高生だった。手に持っていたのはパトリック・クェンティンの『迷走パズル』で、あのセンスのいい表紙が、今でも目に焼き付いている。

「すいません。どうしても送らなくちゃいけないものがあって……その、それ、パソコン、貸してください……」

「なんかやたら切羽詰まってるみたいだな」

「そうなんです。なのにパソコン室が使えなくて。このままだと終わりなんです」

「そう簡単に終わるなよ」

そう言って笑う目が、やけにきらきらしていたので警戒はした。こういう目をしている人間には弱い。自分のやっていることに少しの疑いも持っていない、麗しい目だ。

「別に使ってもいいけどな、一つ条件がある」

「条件？」

「ここ、文芸部なんだ。わかるか？」

「……小説を書く部ですか？」

「まあ、読む専門なんて言ってたやつもいるけど、一応全員書いてる。パソコンはその為。結構回線速いぞ」

いつの間にか部屋の主は私のすぐ傍までやって来ていた。近くで見ると、一層背が高く見える。背の高い彼に引きずられて視線を移動させて、ようやく気付く。この部屋の壁は本棚に埋め尽くされていた。

「なあ、文芸部に入らないか？　もし入ってくれるなら、パソコンを使ってもいい」

「交換条件ですか？」

「パソコンを人質に取ってる。だからこれは脅迫かもわからん」

何が可笑《おか》しいのか、また笑われた。そんなに部員に困っているわけでもなさそうだったし、私は単なる闖入《ちんにゅう》者だ。何の関係も無い相手なのに、勧誘するメリットがどこにある？

ただ、その時はそこまで考えられなかった。

「わかりました。……入ります。文芸部。だからパソコン貸してください」

「よし、使っていいぞ」

ともあれ、パソコンさえ使えればあとはどうでもいい、というのが本音だった。

「ありがとうございます！」と声高に言って、いつも使っているＵＳＢを挿し込む。ＵＳＢについたウサギのストラップが、慌てた私を笑っているようにも見える。

そのまま、担当編集に謝罪の旨と、こちらの小説を掲載して欲しいというメールを送る。そこまでしてようやく落ち着いた。自分でもおかしくなっている気がするけれど、どうにもやめられなかった。

こうして遥川悠真の寿命を一日一日延ばしていくことでしか、生きる実感を得られなかった。

「送れたか？」

放心している私の後ろから、暢気《のんき》な声がする。

「あ、はい。……ありがとうございます」

「お礼なんて言う必要ない。何せもう部員なんだからな。あ、俺は文芸部部長、二年の守屋《もりや》和幸《かずゆき》だ」

「……一年の、幕居梓です」

「新入生か。尚更いい」

守屋先輩は嬉しそうに言う。けれど、季節はもう既に秋になっていた。新入生を喜ぶには遅い季節ではある。こんな時期に部活を探す新入生は珍しいだろうし、そもそも私は部活に所属するつもりすらなかった。それも、よりによって文芸部。呪いのような巡り合わせだった。

大量の本が差された棚には、今をときめく遥川悠真の本もあった。デビュー作から、私の書いた最新作まで。六冊の中に流れる誰にもわからないグラデーションを思うと、妙な気持ちがする。

「遥川悠真の本が好き？」

私の気持ちなんか全く知らないで、守屋先輩はそう尋ねてきた。

「あ、はい。……初めて好きになったのが、遥川先生の本だったので」

「マジで？　俺も遥川作品好きだわ。初期の頃のやつはそんなに好きじゃないけど、最近のやつは好き。六作目の『眠る完全血液』とかすげー好みだった」

それは、この間出たばかりの新作のタイトルだった。先生には、プロットすら読んでもらえなかった小説。ややあって、私は言う。

「……そうですか。私も好きです」

「小説書くの好き？　部誌の発行とかもしてるんだけど」

「書いたことが……ないので」

「やってみたら絶対楽しいって」

そう言って、守屋先輩は屈託なく笑った。

その瞬間、まずい、と思ったのを覚えている。それなのに、私はその先を促した。

「小説書くの、好きなんですか」

「好きだよ。一番好き」

その言葉にもその笑顔にも見覚えがあった。一心不乱に小説を書く姿、止まないキーボードの音が鼓膜に響く。小説を書くのが好きなんだ、と言っていた頃の思い出が蘇る。悪趣味な再演だと思った。

うっかりすると泣いてしまったかもしれない。連日の疲れと久方ぶりのその言葉は私に効いた。私の動揺なんか少しも知らずに、守屋先輩が笑う。

「なあ、良ければ小説書いてみてくれよ。幕居がどんなものを書くか知りたいんだ」

既に知ってるじゃないですか、と心の中で言った。『無題』も『エレンディラ断章』も『眠る完全血液』も、先輩は私の書いたものも全て読んでいる。

「……何でですか？」

「いや、文芸部の習慣でさ、新入部員はみんな入部時に短編書くんだよ。だから、よかったら幕居も」

「パソコンを人質に取っての入部でもやんないと駄目ですか？」

「俺はさ、みんながみんな、一度は小説を書くべきだと思うんだ。天才っていうのはきっとそれなりにいるんだけど、見つかる確率は滅茶苦茶少ない。凡人はそれを見出《みいだ》す努力くらいはしないと」

一々こちらのフィールドを侵してくる発言をしてくる先輩だった。天才なら遥川悠真だけで足りている。他に見出される必要なんてない。本当は、先生の小説以外は必要が無いはずだった。

それでも、この時の私はどうかしていた。小説が好きだと屈託無く語るその姿に覚えた既視感に抗《あらが》えなかった。

私が好きだった先生の影に負けた。

こうして、私の崩壊の一歩目が始まった。文芸部以外だったらどこでも良かったはずなのに、私は上手に搦《から》めとられた。

文芸部に加入した日、私は回りくどい罰を受けた。

「担当さんから電話あったけど。短編の差し替えの件だって」

先生が私に話しかけてくれるのは久しぶりだった。けれど、お世辞にも楽しい要件とは言えない。

「それがどうかしましたか？」

「……梓ちゃんさ、一体どれだけの量書いてるの？　送られてきた短編も出来が良いからどこかに収録したいってさ。……ねえ、何本書いたの？」

「私は当然のことをしてるだけです。遥川悠真の短編なんですから、適当なものは出せないじゃないですか」

「その為に睡眠時間まで削ってるんだろ。そんなこと、」

先生はそこまで言って口を噤《つぐ》んだ。そんなことどうでもいい、とでも言おうとしたのだろうか。あるいは、そんなこと求めてない？　そして、そのどちらをも口にしたらおしまいだと思ったのか。

指摘はしなかったけれど、先生の表情といったら酷いものだった。まるで泣き出す寸前の子供みたいだった。全ては先生の為にやっていることなのに、そんな顔をされたら悲しい。その表情の原因が私だというのが辛い。

それからしばらくの間、なるべく私は先生の家で過ごす時間を減らすことにした。その結果、私は新しい居場所——西ヶ浦高校文芸部に、身を寄せることになったのだった。

18

絶え間なくキーボードを叩く音がする。慣れ親しんだ音だった。出会った頃の先生の家では、絶えず鳴り続けていた音だ。懐かしいこの音が、今度は文芸部の部室で鳴っている。

真剣な顔をした先輩は、休むことなく小説を書き続けていた。それを見て、私は尋ねる。

「守屋先輩、楽しいですか?」

「楽しいよ」

先輩はキーボードを叩く指を休めて、にっこりと笑う。

「特に今は書きたいものがちゃんとあるから楽しい。何にも書きたくない時は本当に楽しくないし、浮き沈み酷いから」

「その割に先輩はいつでも楽しそうですね」

「んなことないよ」

入れ替わり立ち代わり顔ぶれが変わる部室の中で、部長の守屋先輩だけはいつでもこの部屋にいた。別に居場所が無いというわけでもないだろうに、先輩はいつでも部室にいて、滾々《こんこん》と小説を書いていた。

そして、眠たげな瞳を擦りながら部室にやってきた私の名前を、晴れやかな笑顔で呼ぶのだった。

「ところで、この間貸した小説どうだった？」

「面白かったです。ＳＦとかあんまり読んだことなかったんですけど」

「幕居は割と好きだろうなって思ったんだよな」

守屋先輩と私の小説の趣味は、意外なことに合っていた。先輩の趣味の幅はとても広く、私をいつも驚かせた。海外文学から日本の古典まで。ミステリーから青春小説に至るまで。ありとあらゆるジャンルの本を読んでいる人間の話が、面白くないはずがなかった。

正直に言おう。私は、先輩と話しているのは楽しかった。先生以外にまともな交流を持ったことのない私には、先輩との会話そのものが新鮮だった。先輩は自分の好きな本や、それのどこが好きなのかを流麗に語り、私のたどたどしい話を聞いてくれる。

そして、私達の会話はいつもこんな茶番で締めくくられた。

「それで、小説書く気になったか？」

「……何も思いつかなくて」

小説を書くことにこれだけ執心していながら、私はつらっとそう言った。

秋が終わり冬になっても、守屋先輩は諦めなかった。穏やかに話をしながら、忘れていないと言わんばかりに同じ言葉を繰り返す。冬が終わり春になり、遥川悠真の七作目、『白昼夢の周波数』が発売されても、先輩はそれをやめようとはしなかった。

私の奥底にあるものを透かすように言う。

私は二年に上がり、守屋先輩は順当に三年生になる。

先輩はとある国立大学を進路に挙げながら、同時にとある小説の賞に挑戦していた。今回で三回目だというその賞の、一次にすら先輩は届かない。

「おっかしーな、行けると思ったのに」

先輩の小説は、一言で言えば粗削りだった。けれど、一行目から最後まで余すことなく希望に満ちていた。野原を駆けまわる子犬を連想させるような文体で、高校生活を明るく描く。決してこなれているとは言えなかったけれど、私は先輩の小説が嫌いじゃなかった。このまま挑戦し続ければ、先輩はいつかきっと小説家になるだろう。

そのことがはっきりと分かるような、素直で幸せな物語だった。

「大丈夫ですよ。先輩はいつかきっと小説家になれると思います」

「幕居が褒めてくれるなんて珍しい」

「先輩は小説を書くのが好きなんですよね？」

私はいつかの言葉を思い出しながらそう言った。先輩が頷く。

「それなら平気ですよ。小説を書くのが好きなら、きっと良い小説が書けます」

その言葉が口を衝《つ》いて出た。それが、私が先生を信じ続けていられる理由でもあった。私は遥川先生が一心不乱に小説を書いていた瞬間を知っている。真面目な顔で、守屋先輩のように小説を書いていた頃の先生を知っている。

あの頃の遥川悠真に、先輩はよく似ているのだ。

「ありがとう」

そう言って、ふんわりと先輩が笑う。ホッとしたような、安心したような、そういう笑顔だった。

「結局のところ、小説書くのってしんどいんだよな。こういう物語にしようって思っててても上手くいかない時もあるし。それでも、自分の中にあった物語がちゃんと形になったら嬉しいし、やめられないんだよ」

ノートパソコンに向かう先輩が言う。

「それに、思い上がった話かもしれないけど、自分の小説は誰かを救うかもしれないだろ。その可能性が好きだよ」

それはその通りだ。私の光になったのが遥川悠真の小説だったように、守屋和幸の小説だって、きっと誰かを救うだろう。誰が書くどんな物語であっても、その可能性がある。

先輩が期待しているのは、その可能性だったのかもしれない。幕居梓の書く可能性がどんなものか、見たいのかもしれない。

とどのつまり、私と先輩は信じているものが同じだったのだ。小説というものが誰かを救うという馬鹿げた可能性。

それにあてられたのだ。

気付けば私は、原稿用紙八十枚程度の短編を書いていた。遥川悠真の文体でもなく、彼の作風でもない小説は、自分でも分かるくらい拙いものだった。

それでも、書き上がった時の感覚を何と呼べばいいだろう。高揚感と脱力感が混じった、不思議な感覚が胸を衝いた。

だからこそ、私は躊躇いなく、幕居梓としての処女作である『理由の無い春』を送信した。

　その三日後くらいに、久しぶりに先生と会った。会った、という表現は正しくないかもしれない。正確に言うなら、先生が私を引き出したのだ。

　ウォークインクローゼットの扉が容赦なく開けられて、光が暗闇を裂いていく。その時の先生は、どこかかつての母親を連想させた。

　眩《まぶ》しさに目を細める私を、先生が引き攣った顔で見つめている。久しぶりに会った先生は、以前にも増してずっと憔悴《しょうすい》しているように見えた。

「……何してるの？」

「小説を書いてるんですよ」

「…………ねえ、そろそろ出てきなよ。どのくらいそうしてるの」

　可哀想なくらい掠《かす》れた声だった。私は静かに首を振る。

「ここの方が集中出来るんです。小説を書かなくちゃ、私は」

　だから、私はここに居たのだ。戻ってきた暗闇は、もう私を脅かすものじゃなくなっていた。この暗闇が、私にとっての武器なのだ。全ての創造性は、この苦しみの中にある。

「……良いから出よう。こんなところ」

そう言って、先生が強引に私の手を引いた。少し痛いくらいの力だった。こんな風に手を引かれたのは初めてだった。いつも先生は、本当に大切に私に触れるのだ。今だってきっと、大切にしていないわけじゃない。それでも、求めているものはこれじゃなかった。

「――放してください！」

先生の手を思い切り振り払って、そう言った。

「……梓ちゃん」

「だって、他にやり方なんて知らなかったんだ」

こんなことを言うべきじゃないと、頭の端では分かっていた。でも、私の口は止まらない。

先生が何かを言おうとする。けれど、それを遮るように、先に言った。

「……困るのは先生の方なんじゃないですか。私が小説を書けなくなったら、事態は全部逆戻りですよ。戻りたいんですか？　あの頃に」

自分でも信じられないくらい冷たい声が出た。

「私にはまだ価値があります。必要無いなんて言わせません。だから、」

先生の表情が、スローモーションで歪んでいく。そんな途方に暮れたような顔をしないで欲しかった。もう先生は大丈夫になったはずだ。遥川悠真として正しい位置に戻ったはずだった。

何も言わずに先生が寝室を出る。正しい選択だった。

傷つかなかったと言えば嘘になる。プロットの一件から、私と先生との距離は取り返しのつかないくらい遠くなっていた。先生は私のことを赦さない。小説だってきっと読まない。

開け放たれたクローゼットの中で、私はもう一度ノートパソコンに向き直った。一息を吐いてから、もう一度キーボードを叩く。

ぼろぼろと涙が溢れてきた。『無題』を書いていた時の高揚はもうどこにもなかった。

その時不意に、守屋先輩のことを思い出した。小説を書くのが楽しいと屈託なく言える人間の見ている世界が知りたかった。

守屋先輩は一体誰の為に小説を書いているんだろうか？

19

西ヶ浦高校の文芸部は、毎年部員と一緒に合宿に行くのが習わしらしい。去年は箱根《はこね》、今年は軽井沢《かるいざわ》。小説を書いたり読んだりする為のサークルでどうして合宿が必要なのかはわからなかったけれど、部員はみんなこの催しに夢中だった。

「夏休みの旅行なのに、もう募集するんですね」

「GW前に予約した方が安いんだよ。みんなが連休に気を取られてる内に、もっと先を見据えろってことだな」

「そういうことなんですか？」

見るからに楽しそうな『合宿のしおり』と、参加部員名簿を見比べながら、私は首を傾《かし》げた。

「幕居のことだから、文芸部に合宿なんて必要ないって言いそうだけどな。でも、折角の高校生活なんだからこういうのもいいだろ？」

部室に常駐しているのは守屋先輩しかいなかったけれど、このリストを見る限り、他の部員も合宿には熱心らしい。名前と性別、住所や健康状態の特記、果ては緊急連絡先までがつらつらと記されている。

「合宿って何をするんですか？」

「何言ってるんだよ。そもそもミステリーなんかは大体が合宿で殺人が起こるだろ？　合宿が無かったら、人を殺したい時に困る」

「……あんまり気乗りしないんですけど」

「でも、軽井沢のコテージだからさ、凄いんだよ」

「凄い？」

「星が」

　先輩が楽しそうに笑う。

「都会とは比べ物にならないくらい綺麗に見えるよ」

　私はもう一度、『合宿のしおり』に目を落とした。夏休みの真ん中に据えられた合宿だ。先輩がそんな風に言うということは、きっと本当に綺麗な星空が見えるのだろう。

　あの時見えなかった夏の大三角だって、綺麗に見えるに違いない。都会のくすんだ一番星よりもっと沢山の星が軽井沢にはある。

「お前の小説、読んだよ」

その時、先輩が不意にそう切り出してきた。

「……はい」

幕居梓の処女作、『理由の無い春』を送信してから、二週間が経っていた。その間、先輩はそれについて何も触れようとしなかった。

だからこそ、『幕居が書いた小説の話をしたい』とメールが来た時、私は柄にもなく緊張した。その時も、逃げ出したいくらい怖かったのを覚えている。もう一拍だけ置いて、先輩が言う。

「面白かったよ」

嘘を言っているようには見えなかった。それでも信じられなくて、余計なことを言う。

「……下手だと思います。凄く」

「そんなことない。凄くよかった」

だって、あれは遥川悠真の小説じゃない。ただの私が書いた、普通の小説だった。遥川悠真を脱いだ私の小説は、単なる高校生の小説でしかない。

それでも、一本を書き上げたという達成感は筆舌に尽くし難《がた》かった。奥底にある妙な感慨を見抜いたのか、先輩がやわらかく言う。

「やっぱり、小説書くの楽しいだろ？」

「それは本当にまだわかりません」

正直な感想だ。遥川悠真として書いてきた量と、私が私として書いてきた量はどうしたって比べものにならない。楽しさは度外視していた私の執筆活動は、まだそんな言葉で語れるものじゃなかった。

「でも、いつか楽しくなればいいなと思います。……これからも、出来れば小説を書き続けたいから」

だからこそ、これは本心からの言葉だった。楽しさや喜びとは縁遠いところにあった小説が、これから変わって行けばいいと心から思った。

その上で、これが裏切りなんじゃないかということも強く思った。もし、私が私の小説を書くことに取り憑かれてしまったら、先生はどうなってしまうんだろうか？

私の内々の不安を余所に、先輩は微笑んでいた。窓枠に寄りかかりながら、目を細める。

「……それが聞けて良かった。幕居が、これからも小説を書きたいと思ってくれていることが嬉しい」

「これからのことはわかりませんけど」

「そうか、そうだな。……なあ、幕居」

「何ですか？」

そして先輩は、なんでもないことのように言う。

「お前が遥川悠真なのか？」

比喩でもなんでもなく、心臓が止まりそうになった。

先輩はさして劇的なことを言ったような風でもなく、小さく首を傾げる。

「なに、言ってるんですか」

「冗談を言ってるわけじゃないんだ。だって、そうだろ？　お前の送って来た『夏時雨《しぐれ》』が——」

「……え？」

先輩の言葉を頭の中で反芻する。先輩は今、『夏時雨』と言った。それは私の小説じゃない。遥川悠真の新作短編のタイトルだ。私が送ったのは『理由の無い春』というタイトルの小説だったはずだ。首筋を嫌な汗が伝う。先輩と出会ったきっかけとなった出来事のことを思い出す。同じことをやってしまったのだ、と気付くまでにそう時間はかからなかった。

「読み始めから文体とか雰囲気が似てるなとは思ったんだ。そうしたら、月末発売の

『群像界《ぐんぞうかい》』に、同じタイトルの遥川悠真の新作が載るって知った」

「……こんなタイトル、珍しくもないですよ」

　言いながら、こんな言い訳が通用するはずがないと思ってしまう。その小説はもう載ることが決まっている。それを読まれたら、どの途《みち》それが私の送った『夏時雨』と同じことが露呈してしまう。

　けれど、これでさっきの先輩の反応も納得がいった。幕居梓じゃなく遥川悠真の小説が送られてきたのなら、先輩だって「面白かった」と言うだろう。あれは完璧な模造品なのだから。

「そんな顔するなよ。責めてるわけじゃないんだ」

　先輩が困ったような顔をする。私は自分がどんな顔をしているのかも分からなかった。私の馬鹿みたいなミスが取り返しのつかないことを引き起こしてしまった。

「俺も最初は信じられなかったよ。でも、何だか納得がいった」

「そんな、何が」

「認めるんだな？」

　先輩がまっすぐにそう言い放った。

「私を、……脅すんですか」

「脅してるわけじゃない。話を聞きたいんだ」

追い詰めているのはそちらの方なのに、何故か先輩は悲しそうな顔をしていた。そんな顔をするのはずるい、と思う。名探偵でありたいなら、もう少し残酷な顔をするべきだ。

「遥川悠真が覆面作家だったら邪推はしなかったんだけどな。遥川悠真は覆面どころかタレントみたいな扱いだろ？　ゴールデンの番組のどれかには出てる。まあ、話回すの上手いから納得がいくんだけどな」

「……邪推ってなんですか？」

「お前、遥川悠真のゴーストライターなんだろ？　……そもそも、小説家のゴーストって何なんだろうな。小説を書いてるのはお前なんだから、お前が〝遥川〟なんだ」

否定も肯定もしない私を余所に、先輩の推理は組み上がっていく。もう私の答えなんか必要としていない。

「それを言ってどうするつもりですか。……あの有名小説家が、こんな女子高生をゴーストライターに使っていたなんて、誰かが信じるとでも？」

「知ってるだろ？　遥川、次の『文藝界《ぶんげいかい》』新人賞の審査員やるんだってな。受賞者から芥川《あくたがわ》がよく出てる、有名なやつ」

「……はい」

「だから今がチャンスなんだ。このタイミングでリークすれば、どっかしら取り合ってくれるだろうさ。もしかしたら根気よく取材するところも出てくるかもしれない。そうしたら、遥川の奴は必ずボロを出す」

予言者のように先輩が言った。……遥川悠真はテレビでの露出が多い。殆どタレントのような小説家だ。

それなのに、まだスキャンダルらしいスキャンダルも出ていない。あの人には、明らかにされるプライベートすら無いからだ。そんな先生からゴーストライターの使用という格好のネタが出てきたら？　沈黙の時代からの復活が全て嘘だったとバレてしまったら？

評判は作家の生命を左右する断頭台である。……先生のそんな言葉を思い出した。きっと、そうしたらもう先生は立ち直れない。

事の重大さにはとっくに気が付いていた。あまりのことでどう取り乱していいかわからなかっただけなのだ。そのことを意識した瞬間、自分でもびっくりするくらい情けない声が出た。

「何でもします。何でもするから、言わないで……」

「どうしてだ？　幕居は何も知らなかったことにすればいい。俺が勝手にやったことだ。それどころか、マスコミの方が独自の情報筋ってことにするだろう」

「私の気持ちはどうでもいいんですか？」

「そもそも幕居の気持ちって何なんだよ。お前は何で遥川に良いように使われてるんだ？」

「先輩には関係ない」

「なあ、一体どれがお前の作品で、どれが遥川の作品なんだ？　……『無題』からか？」

先輩は容赦なくそう尋ねてくる。

どうすればいいのかわからなかった。このままいけば、守屋先輩が遥川悠真の秘密を明かしてしまうかもしれない。仰る通り私は迂闊《うかつ》だった。それでも、先輩からは遥川悠真への強い害意は感じられなかった。むしろ、先輩は何か別のものに突き動かされているように見える。そこで、ようやく気付いた。この熱量には見覚えがある。

……この人は私のファンだったのだ。

「何が目的ですか」

「俺が求めてるのは、お前がお前の名義で小説を書いてくれること、それだけだ。それ以外はいらない」

「……それがどういうことかわかってるんですか」

「ああ、わかってる。お前は遥川に洗脳されてるんだよ。だから、こんな利用されるような……」

「利用されてなんかない」

不意に、母親との最後の会話を思い出す。私は自分でこうあることを決めたのに、どうしてそれが伝わらないんだろう。

「お前はそう思うだろうな。でも俺は違う。俺は『無題』が好きで『エレンディラ断章』が好きで、『眠る完全血液』が好きで『白昼夢の周波数』が好きだった。『夏時雨』も」

先輩の目は少しも揺らぐことなく私を見つめていた。

「俺の好きな小説を書いてたのは〝幕居梓〟だったんだ」

「そんなことない！　今回だって、私は……先生の真似じゃない、ただの、くだらない、素人みたいな小説を先輩に提出するつもりだった……」

「別の小説を？」

「先輩が好きになってくれた小説も、『夏時雨』も、全部先生の真似をしただけなんです。本当は、もっと別の……」

「良かったら、それ、見せてくれないか」

先輩に言われるがまま、私はノートパソコンを起動させる。そして、クラウド上に保存しておいた『理由の無い春』を開いた。

先輩はしばらくの間黙ってそれを読んでいたけれど、不意に呟く。

「……………何が違うんだ？」

「え？」

「確かに言葉の使い方とか、細かい部分は違うかもな。でも、大まかな雰囲気や作風は最近の遥川作品と大して変わらないぞ。……正確に言うなら、『エレンディラ断章』辺りの小説と」

「……嘘だ、そんなはず」

想像したくない話だった。けれど、例えば、ずっとそうだったんだとしたら？　いつの間にか〝先生の小説〟は昔のものと全く違ったものになっていたんだとしたら？　書き連ねていく内に、その小説がずっと前から幕居梓の小説になっていたんだとしたら？

だとしたら、先生はどういう気持ちでそれを見ていたんだろうか。

「大丈夫。全部お前の小説だよ」

そう言われた瞬間、私の中で何かが決壊した。上手く立っていられなくなって、視界が歪む。近くにあった鞄を手に勢いよく立ち上がった。一秒でも長くここにいたら、大声で泣き喚いてしまいそうだった。背後で先輩の声がする。それを振り切るように部室から逃げ出した。

これが最善だと思い込んでいる時、人間は周りが見られなくなる。先輩の目はそれだった。私の馴染んだ目、ずっと先生に向けつづけていた目。どうしてたかが小説で、とは言えなかった。何せ、私だって小説で狂った経験がある。

敬虔《けいけん》で従順で、暴力的な信者の目。神様の如き幕居梓。……私は、自分が向け続けていたものに復讐されようとしていた。

20

逃げ出した私が行く場所なんて一つしかなかった。そもそも、私が行ける場所なんて他に無い。

先生は珍しく家に居た。高級そうな洋服でもかっちりとしたスーツでもない、スラックスにシャツのラフな格好。その姿を見て安心した。

「……先生」

「何、世界でも終わったような顔して」

「……すいません。ちょっと疲れてるのかもしれない」

「…………根詰め過ぎなんだよ」

「だって、私にはそれしかないじゃないですか」

ダイニングテーブルにつきながら、それだけ言う。私の帰りを待っていたノートパソコンが開かれるのを待っていた。ワードソフトと無数のデータだけが入った、歪《いびつ》なパソコンだ。

本当のことなんか言えるはずがなかった。私のミスで、先輩にバレた。遥川悠真の正体がバレてしまった。……この大事な時期に、先生の秘密が暴露されようとしている。素直に言ったら、先生は怒っただろうか？　それとも、諦めたような顔をするのだろうか。

「……梓ちゃんは小説書くの好き？」

パソコンの前で逡巡《しゅんじゅん》していた私を見かねたのか、先生がそう尋ねてきた。

どうしてここでそんなことを聞くのかわからなかった。先生の目が私のことを推し測るように見る。

「……本当はよくわかりません。才能が有るとか無いとか、小説が面白いとか面白くないとか。私は、遥川先生の小説が世界で一番面白いし、『夜濡れる』だって大好きでした。私は、自分が書いた小説より先生の書いた小説の方がずっと好きです」

「そう」

先生は大して嬉しくもなさそうに言った。

「才能というものが本当に存在するんだとしたら、俺はそれが小説を好きな人間に与えられて欲しかった」

切々と先生が語る。話の方向がよくない方向に向かっていることに、この時点で気付いているべきだった。

「ずっと思ってた。君には才能が有るけど、本当は小説を書くの好きじゃないんじゃないかなって。だから『無題』は本当に俺を勇気づける為だけに書かれたんだなって思って苦しくなった」

戸惑う私を余所に、先生が続けた。

「小説を書くのが好きなわけじゃないのに、どうして梓ちゃんはそんなに苦しみながら小説を書くんだろう。そう考えた時に、俺の為だって勘違いしたんだ。でも、最近になってそうじゃないってことにも気が付いた」

「……どういうことですか？　私は先生の為に」

「そうじゃない。俺の為じゃない。梓ちゃんはずっと、自分の為に頑張ってたんだよな。動機は何？　……俺が当てはめるなら全部への復讐かな。勿論母親にもそうだろうけど、これはもっと大きな与太話だよ」

先生の目は暗く沈んでいた。いつかのように、遥川悠真の沈黙の時代、乗り越えた挫折の時と同じ目をしている。

「赦せなかったんだろ、自分を救ってくれた憧れの相手が落ちぶれていくのが。自分の理想から段々ズレていくのが。だからあんなことしたんだろ？」

「あんなことって……」

自分の声が可哀想なくらい震えているのがわかった。

「いつだったか、覚えてるかな。そうだ。梓ちゃんが書いた『エレンディラ断章』を代わりに出した後だったかな。六作目の構想を語る番組の企画があったよな。プロットから完成までを辿っていくとどうなるかって言われて」

ええ、忘れるはずがない。けれど、先生がその話題に触れるとは思ってもなかった。私達の間で、あれは〝無かったこと〟にされていたはずだった。それを貴方が言うのか、と思う。だってあれは、ゴミ箱に捨てられたはずのものだ。奇妙な共生関係にある私達が、どうにか決めた譲歩のライン。

それを先生は踏み越えようとしている。

「俺は打ち合わせの日、プロットを用意していった」

その口調はさながら探偵のようだった。さっきの守屋先輩と同じ口調だ。私を見据えた先生が、斜に構えて笑う。今更そんなことをしなくていいのに、と思う。だってきっと、貴方に探偵は向いていない。

「知ってるよね」

「……そうですね」

「よかった。ここで否定されたらどうしようかと思った」

一言一言が辛そうで、私はその都度酷い気分になった。けれど、もう止められない。私のやったことは、裁かれるべき種類のものだ。

「んで、まあ、番組ではその小説の話をしようと思ってた。遥川悠真の六作目、梓ちゃんの手を借りない久しぶりの俺の小説の話をね。キツかったけどどうにか完成させて、鞄に入れっぱなしにしておいた。実を言うと、それからは確認してなかったんだよな。だから、打ち合わせの時に取り出してみてやっぱビビったよ。……ファイルからプロットを取り出したら、全部のページが真っ黒に塗り潰されててさ。あの時は流石にね」

先生は、ややあって小さく呟く。

「あれをやったの、梓ちゃんだろ」

「そうです」

もうとっくの昔にわかっていたことだ。責められる覚悟だって出来ていたのに、先生はあろうことか笑ってみせた。そうしたらもう、私も笑うしかなかった。

「……本当にすいません。でも、私はちゃんとプロットを用意してたじゃないですか。それなのに、どうしてあんなことしたんですか？」

事前に『眠る完全血液』のプロットは用意していたはずなのに、あの時、先生は出演自体を取りやめてしまった。塗り潰されたプロットごと、私のプロットもなかったことにしたのだ。あれは一体、どういうことだったのだろう？

「私のプロット気に入りませんでしたか？」

「そんなことないよ。君の書くものはきっといつだって凄い」

「なら、どうして」

「わかるだろ？ 俺はあれが書きたかったんだ」

先生のプロットを発見したのは偶然だった。窓を開けようとした時に、壁に立てかけていた鞄が倒れて、中身が雪崩《なだれ》のようにずるりと出てきたのだ。見覚えの無い青いファイル。私が渡したのは赤いファイルだった。それなら、これは何だろう？　何気なくそれを取り上げて、そして、驚愕《きょうがく》した。

先生が六作目の小説のプロットを書いていたことも、一体今どんなことを考えていたのかも、私は全く知らなかった。だから、青いファイルの中の〝遥川悠真のプロット〟を読んだ時のことはよく覚えていない。

私の意識にあったのは、とにかくそれを処分しなくちゃいけない、という一念だけだった。

「書きたいものがあるなら、……せめて私に言ってくれれば良かったじゃないですか。なんで、隠してたんですか？」

「拒否されるってことがわかってたからに決まってるだろ？　事実、梓ちゃんはあのプロットを赦さなかった」

「だって、あんなの駄目じゃないですか……。あんなの誰も求めてない。あんなの今の遥川悠真の小説じゃない」

打ち合わせに向かう先生を見送りながら、私は祈るような気持ちだった。鞄には二つのファイルが入っていた。先生のプロットが入った青いファイルと、私のプロットが入った赤いファイルだ。プロットの内容には自信があった。私が先生のプロットを台無しにしたとしても、私のプロットさえ使ってくれれば打ち合わせは問題なく行えたはずだ。

けれど、結果はあれだった。先生は番組出演自体を取り止めてしまった。随分早くに帰宅した先生を私は、奇妙に凪《な》いだ気持ちで迎えたものだ。

私がプロットを台無しにしたのは、先生に対する宣戦布告でもあった。あの部屋には私と先生しかいない。塗り潰されたプロットを見て、先生はすぐに犯人が分かったに違いない。二引く一の簡単な推理！　けれど、今まで従順だったはずの私が初めて見せた明確な意志は、先生にちゃんと伝わったようだった。

けれど、あの時の私は、そんなことをされた先生の心がどうなるかなんて、欠片も考えていなかったのだ。

「……ごめんなさい。ごめんなさい先生、違うんです、だって、私は」

「わかってる。梓ちゃんは正しいことをしたよ。今思えばあんなの単なる駄作だ。どうかしてた」

「そうじゃなくて……先生が小説を書いてくれたのは、私すごく嬉しくて。でも、あんな内容……」

「どうかしてたって言っただろ？　あんなの単なる破滅願望だ。俺にはもう才能なんか欠片も残ってないんだってこと、梓ちゃんだって気付いてるでしょ？　俺にもう小説を書く才能なんか残ってないんだ。だからあんなことをした」

先生の口調はあくまで冷静だった。もう既に取り乱す段階は過ぎてしまっているのだろう。だから余計に恐ろしかった。あの時、先生はどれだけ打ちのめされていたのだろうか？

「別に怒ってるわけじゃないよ。梓ちゃんがあんなことをしようがしまいが、どうせ俺は潰れてたと思う。それに、客観的に見てもあんなの悪手だった」

確かにその通りだ。先生がもしあの小説を出していたら、確実に遥川悠真の名前には傷がついていた。だからこそ、私は先生のプロットを台無しにしたのだ。

「私は、先生を守らなくちゃいけなかったんです」

「わかってる。梓ちゃんは正しいよ。一度も間違えなかった」

先生は小さくかぶりを振った。そして、小さく言う。

「俺と同じように、君も選んだんだ。お前が遥川悠真を強いたんだよ。もうとっくに俺は終わってたのに。あの時、お前がそれを赦さなかった」

「……私じゃない」

「梓ちゃんだよ。俺がお前を利用してたわけじゃない。最初の時点から、お前が俺を利用してたんだ」

「私じゃない」

私じゃない。

私は単なる協力者だ。先生は小説家をやめたくなくて苦しんでいた。だから、力になりたかった。それだけだ。

「だって、……先生は小説家で、小説を書くのが誰より好きで、毎日毎日沢山の小説を書いて、私はそんな先生が好きで、」

「……それっていつの話？　そもそも、俺がそんな人間だった時期なんて、いつだったのかな」

先生は本当に困惑しているみたいだった。踏切前で私を引き留めた不遜な態度は見る影もない。まるで普通の人のような顔をして、視線を彷徨《さまよ》わせている。

「俺が落ちぶれるのが嫌だった？　こんなのは自分が憧れた相手じゃないって？　期待って残酷だよな。応えたかったよ、俺だって」

「違います、私は先生の為に」

「でも、もう駄目なんだ。俺は梓ちゃんの思ってるような人間じゃない。だから──」

「……私じゃない！」

私は思わず、先生のことを突き飛ばした。その瞬間、先生の身体が床に転がり、派手な音が部屋に響く。

「……ってえ」

「…………あ……」

先生はいつから私に突き飛ばされるくらい弱くなったのだろう？　と、一瞬だけ思う。けれど、そもそもその前提が違っていたのだ。

私はもう小学生じゃなかった。虐げられるだけの子供から、少しずつ大人になっていた。あの日死ぬはずだった身体が、骨を軋ませながら徐々に大きくなっていく。ただただ先生に守られていたはずの私は、もうどこにもいなかった。

私は先生を殺すことが出来るだけに成長していたのだ。勿論、直接殺すことは叶《かな》わないかもしれない。けれど、私にはもう渡り合えるだけの力が備わっていたのだ。

「…………死にたい」

床に転がったままの先生が小さく呟く。切実過ぎる言葉だった。

先生は、今まさに遥川悠真が小説家として殺されそうになっていることを知らない。

自分の処刑台が組み立てられていることを知らない。私は決断を迫られていた。あのスキャンダルが明らかになって、この状態の先生が気丈に耐えられる気がしなかった。それに『死にたい』は正確じゃないだろう。ずっと知っていたことだけれど、私は先生に憎まれているのだ。正しい言葉を当てはめるなら『殺したい』になるだろう。

「ねえ先生、それ、本当ですか？」

どうしてこんな質問をしたのかはわからない。先生は答えなかった。

「……先生」

その時、瞬間的に思った。殺さなくちゃいけない。自分で始めたことなら、自分で幕を引かなければ。目の前に転がった先生を見て、私は思う。出来れば証拠が残らないように、出来れば跡に何も残らないように。

こんな状況にあってもなお、私はこの展開が悲しくて仕方が無かった。堪え切れなかった涙が溢れ出す。私はそのまま大声で泣き続けた。

少しだけ落ち着いてから、私は具体的な殺人の計画を思い浮かべた。

私が真っ向から向かって行って敵《かな》う相手じゃない。首を絞めるにせよ、階段から突き落とすにせよ、まずは弱らせなくちゃいけなかった。

私には失敗が赦されない。それに、万が一殺し損ねた場合、死ぬのは私の方だろう。既に事態はそこまで行き着いてしまった。

睡眠薬を使おうとも思ったけれど、結局止めた。出所が割れたら面倒なことになる。私はこの部屋に居ない人間なのだから、ベッドサイドの睡眠薬とは離れなくちゃいけない。

そこでふと、とあることを思い出した。

ワードソフトしか使われていないパソコンをネットに繋ぎ、目的のことを調べた。目当てのページには、アナフィラキシーショック、呼吸困難、意識不明、の部分をなぞった。そこまで上手くいかなくても構わなかった。少しでも効いてくれれば、後は自分で片が付けられる。

そのまま、検索して一番最初に引っ掛かったものを注文した。二、三日あれば届くだろう。

全てが終わった時のことを少しだけ想像する。けれどそれは上手く像を結べずに、私の中でゆっくりと解けていく。

21

一週間ほど経った後、私は何事もなかったかのように文芸部の部室を訪れた。遥川悠真のゴーストライターの話はまだどこにも出回っていない。守屋先輩が早まらなくてよかった、と心の底から思う。

「幕居」

「お久しぶりです。……今日は、見せたいものがあって来ました」

何か言いたげな先輩を制止して、私はまず、私と先生の簡単ないきさつを話した。今までここに書いてきたことをダイジェストとして切り崩し、先輩に語る。

勿論、こんな話で同情を引こうとしたわけじゃなかった。ただ、話しておくべきだと思ったのだ。

「……幕居は助けてもらった恩で、あいつに利用され続けてるのか？」

「……いえ、そういうわけじゃないんです。その証拠を見て欲しくて。……先生も、自分で小説を書こうとしたことがあったんですよ」

「……本当に？　自分の力で？」

一見失礼な言葉だったけれど、仕方がない。今までの話の流れからいけば信じられないお話だ。けれど、ここを隠してしまえば、話ががらりと変わってしまう。私は鞄から紙の束を取り出すと、先輩に渡した。

「何だ？　これ」

「それは、遥川悠真の六作目のプロットです」

私は青いファイルのプロットを駄目にしてしまったけれど、データ自体は、先生のパソコンに残っていた。印刷し直されたそれを見た時、どうしても胸がざわついた。本当はもう二度と見たくなかったものだ。

けれど、先生がどんな気持ちでいたのかを示すには、これが一番わかりやすい証拠だった。

「テレビの企画で、次回作について語るものがあったんです。小説が出来るまでを語る、なんてナンセンスな企画ですよね。チョコレートじゃあるまいし。でも、私はちゃんと指示に従いました。プロデューサーとの打ち合わせの数日前に『眠る完全血液』のプロットを渡しておいたんです」

「……それで？」

「でも、先生の鞄には私が渡したプロットじゃない、別のプロットが入っていました。

それが、そのプロットです。……私はそのプロットを駄目にしました。もっと前に気付かれると思ったのに、先生は打ち合わせの時まで気が付きませんでした」

私の犯した罪の告白を、先輩は黙って聞いていた。

「勿論、先生のプロットとは別の色のファイルに、私のプロットも入っていました。先生は器用な人だから、そっちで打ち合わせをしてくれると思ったんですけど。結局先生は、出演自体を取り止めました」

「……プロットを駄目にされたとしても、遥川が自分で書いたプロットなんだろ？　そのまま諳んじられたら結果は変わらなかった」

「そうかもしれませんね。でも、私達は共犯者でした。私がそれを拒否した以上、やらないだろうって思ったんです」

「なんで？」

「……先生は、私の嫌がることはしないから」

どこへ出しても恥ずかしくない立派な大人、というわけではない先生が、唯一守ったラインがそれだった。それを優しさと呼ぶのは消極的過ぎるかもしれないけれど、いつだってあの人は、そういう類の優しさしか出せない人だった。

「先生が小説を書いてくれるのは嬉しかった。だって、私は遥川先生のファンなんですよ？　先生が書いてくれた方がずっと嬉しいに決まってるじゃないですか。何かを書こうとしてくれるのは凄く嬉しかったんです。でも、そのプロットだけは認められませんでした。敬愛する先生が書くものであっても、その小説だけは世に出したくなかった」

私は守屋先輩をまっすぐ見据えて、静かに尋ねた。

「理由はわかりますよね？」

「……わかる」

「ですよね。何せそれは小説なんかじゃありませんから。私は遥川先生のことも、先生の書くものも全部好きでした。けれど、それだけは。そのプロットだけは赦せなかった」

事情を知らない人なら、もしかすると本物のフィクションだと思うかもしれない。けれど、目の前の先輩には、それがどういう背景を持って書かれたものかわかってしまう。

「それは単なる破滅願望です」

私は静かに言う。先生も同じことを言っていた。『あんなの単なる破滅願望』だと。けれど、その時の先生の表情が、私にはもう思い出せない。

先生が用意していたプロット——『部屋』は、遥川悠真の得意とする恋愛小説だった。親に見捨てられて孤独に生きる少女が、自殺を目論むところから始まる、救済の物語。

期待の新鋭小説家は彼女のことを保護し、少女と小説家の日々が始まる。孤独な生活に突然飛び込んできた少女との出会いが、小説家の心境を変えていく。けれど、幸せな日々は長くは続かない。小説家は自分の作家としての才能が枯れ果ててしまったことを感じ、自分の人生に見切りをつけるようになっていく。

そんなある日、少女が書いてきた一本の小説が、彼の心を狂わせる。タイトルのつけられていない小説は、自分の作風とよく似ていながら、自分のものよりもずっと面白い代物で、彼は、もう才能の枯れてしまった彼は、その小説を——。

そこから先は読むまでもない。神は細部に宿る。細やかな描写としっかりとした取材が傑作への近道だと、誰だかも言っている。けれど、ここまでリアリティーにこだわられるのは、ちょっとご遠慮願いたい。だって、それは、私達だけの物語だったはずだ。こんな物語に仕立てられても困る。

「遥川はどんな気持ちでこんなものを書いたんだ？」

「私に先生のことがわかるはずないじゃないですか」

先生がどういうつもりでそのプロットを立てたのか、当時の私にはわからなかった。悪趣味なジョークなのか、破滅願望なのか。遠回しな自殺なのか、直接的な贖罪《しよくざい》なのか。もしかすると、先生は単に疲れていただけなのかもしれない。それで、全てを終わらせたがっていたのかもしれない。

私はそれを止めた。遥川悠真の綻びは、どうしても見逃せない部分だ。一時の希死念慮でぶち壊されていいはずがない。

「先生が何も感じていないなんて思ってない。……本当は、先生が私を重荷に思ってることだって知ってる。でも、絶対に駄目。絶対に、この秘密は明かせない……」

あれから先、先生はもう二度とあんな真似をしなくなった。自分から破滅の道に向かおうとなんてしなくなった。まだハッピーエンドじゃないの？　という声が脳内に響く。いいえ、まだ早い。円満に終わるには、人生は長すぎる。

「お願いします。私のことは放っておいてください。………本当は、先生が先生でいてくれるだけでよかったんですよ。それ以上何も望まなかったし、私の本当はそこにあった」

「幕居……」

「何がいけなかったんですか。私達にどうしろって言うんですか」

そうして言葉を並べながらも、私は心のどこかで諦めたような気分でいた。どうせこの人にはわからないだろう、という尊大な感情が胸の内で渦巻いて息が上手く出来ない。

「幕居がどう思ってたかは知らないけどさ、お前が想像するよりも事態は難しいんだと思うよ」

「それってどういうことですか？」

「いざ本当に駄目になった時、どう思われるのかって怖いだろ。ずっと自分を慕ってくれてた相手に落ちぶれた姿を見せるってなる時、きっと耐えられなくなる」

「私は先生が駄目になっても、」

──俺が落ちぶれるのを赦さなかったのは、

「……よかったのに」

──お前の方だよ、梓。

先生の声が頭の中に響く。先生の好きにして欲しかった。

でも、それならどうしてあんなことをしたのだろうか。今となっては、今になっても、私にはよくわからない。先生が全てを暴露しようとした時に、どうして止めたりしたんだろう。それはやっぱりエゴだったんだろうか。

「幕居には幕居の人生があるだろ」

「守屋先輩には多分わからないよ。一生わからないと思う」

私がどんな気持ちで生きてきたのか。

守屋先輩はどこまでも普通の男の人だった。

だからこそ、遥川悠真のことを簡単に殺せるのだろう。可哀想な後輩の為という名目で、簡単にあの人を罰することが出来るのだ。神様の断頭台になれるのは、つまりはそういう人間なのだろう。

「……ベンナの十字架」

「何？」

「ベンナの十字架、知ってますか？　九八〇年代に作られた、綺麗な金のキリスト像なんだけど。神聖で美しくて、何より大事にされていたものだったのに、不信心な司教の手で最初に足が溶かされて、腕が溶かされて、二〇〇年後には全部が単なる金塊にされちゃった」

尊い十字架だって、事情を知らない人間からすれば単なる金でしかない。私と先生の関係だって、外部から見れば凄惨な搾取の関係でしかない。信仰とは多分、誰からも理解されない時に最も輝くものなのだ。

「……ごめん、俺は幕居を追い詰めたいわけじゃないんだ」

果たして私は今どんな顔をしていたのだろうか？　そう呟いた守屋の顔が本当に辛そうで驚く。

「でも、幕居のことが心配なんだ。……幕居が遥川と手を切ってくれるなら、俺は、それで」

「なんでそんなこと言うの？」

「……それは、俺は、幕居のことが」

そこから先に続いた言葉は、想像から逸脱しない、とても素直な告白だった。そんな気はしていた。自惚れとはまた違う、不思議な感覚。私と守屋先輩は、それこそ同じ穴の狢《むじな》だ。対象は違えど隠し切れない信仰心。誰からも咎められないその感情が、私には眩しかった。

「……先輩、期待に応えられなくてすいませんでした」

「……そんなこと言わなくてもいい。俺も好きにする」

それは明確な決別宣言だ。私がどれだけ懇願しても、守屋先輩は告発をやめようとは思わない。遥川悠真さえ引き離せれば、どうにでもなると信じているのだから。

「先輩、少しだけ時間をくれませんか。明日一日だけでも、それをマスコミに公開するのは待ってください」

私は決断を迫られていた。このまま、何も知らない人間の処刑を待つのか。それとも、私自身が手を下すのか。

「……心の準備が欲しいんです。私は今までずっとあの人と生きてきたから、どう生きていけばいいのかよくわからない」

「どうだって生きていけるよ」

「そうかもしれない。でも、先生にちゃんと話したいんです。今回のこと」

本当は話すつもりなんかなかった。けれど、私に甘い先輩は、すんなり私のことを信じてくれた。

「……わかった」

「ありがとうございます。……もしどこかの出版社にその話を持ち込むのなら、私も連れて行ってくれませんか？」

私の提案に、先輩は少しだけ面食らったようだった。でも、この物語を語るに相応しい人間が、私の他には思いつかなかった。

「大丈夫ですよ。その場で泣いたりしませんから」

「笑えないぞ、それ」

「それじゃあ失礼しますね」

「幕居、一ついいか？」

「何でしょう？」

「もし俺に助けてもらってたら、やっぱり俺のこと好きになってた？」

先輩が言った言葉は、とてもキュートな代物だった。確かにそこは気になるところだろう。人間はもしもの話が大好き。あそこの踏切のところで声を掛けてくれたのが、守屋和幸だったら？　文芸部に誘った時のように、私に笑いかけてくれていたら。家に迎え入れてくれていたら？　私がいてくれて嬉しいと、素直に言ってくれる先輩があそこにいたら。

わかっている。こんな想定には何の意味もない。だって、そもそもこの想像は、成り立ってすらいないのだ。

「私が死のうとしてた時、先生がなんて言ったかわかりますか？」

「え？」

「あの人はね、私が死んだら迷惑だって言ったんですよ」

きっと、守屋先輩はそんなことは言わないだろう。だから、私を引き留められない。

「それじゃあ先輩、また後ほど」

誰かじゃ駄目だった。あの人があそこにいたから、私があの人の本を持っていたから。運命だから、と嘯《うそぶ》く先生が過ぎる。私は本当にそうだと思っているのだ。今だって。

私はまっすぐに家に帰った。先生の直近の予定は明後日《あさって》のトークイベントくらいのもので、今日明日はフリーのはずだ。そして、休みだからといってこの人は何処かに行ったりしない。

「来たんだ」

「……ただいま帰りました」

無表情で佇む先生は、全ての破滅から縁遠い人間に見えた。林檎《りんご》は内側から腐ると聞いたけれど、先生もまた、そういう仕組みになっているのだろうか。どんな状況に陥ったって、先生は出会った時と変わらない。こうして二人で世界を騙しおおせている内は、遥川悠真は変わらず小説家でいてくれるだろう。

でも、終わりの時は近づいている。

憧れの相手が見る影もなく落ちぶれてしまったのを見て、死んで欲しいと思うのが敬愛だと思っていた。今でも思っている。落ちぶれてしまっても生きて欲しいと願うのが執着だと思っていた。果たして、私はどちらだったのだろう。

「先生、明日って空いてますよね？」

「明日？」

「お願いがあるんです。多分、これで最後です」

私の言葉の切実さを嗅ぎ取ったのか、先生が俄《にわ》かに緊張するのが分かった。そして、静かに頷く。

「それじゃあ明日デートしましょう」

22

「なんかわかんない鳥がいる」

「それ、オオワシらしいですよ」

「鳥なんてどれも同じだろ」

そう言って、先生が微かに笑う。そんな顔を見るのは久しぶりだった。

動物園には初めて来た。私はお出かけとは縁遠い人間だったし、先生も出不精だ。

それでも、動物についてコメントをする先生はいつもより明るく見えたし、私も私で楽しかった。

もっと早く、毎日でも何処かに行けばよかった。あれだけ一緒にいたのに、私たちが出かけたのは数えるほどしかない。軽井沢では都会とは比べ物にならない星が見えるらしい。あの時見そびれた夏の大三角も、アルタイルも、全部見ればよかった。

あの日以来、私達は屋上に行っていない。

「もっと大人びた場所に連れていかれると思った」

「そっちの方が良かったですか？」

「いや。梓ちゃんの行きたいところなら、どこでも」

そう言って笑う先生は、出会ったばかりの頃と同じに見えた。それを受けて、改めて思う。

この人のことが好きだ。今でもそう思っている。小説が書けなくなっても、天才じゃなくなっても、どれだけ手酷く扱われても、惰性の臭いを嗅ぎ取っても。私は遥川先生のことが好きだった。

「ていうか、こっちが本命じゃないんでしょ。早く行こうよ」

「そうですね。行きましょう」

先生はとても自然に私の手を取った。私もしっかりと指を絡める。この動物園ゾーンを抜けたら、ジェットコースターが見えてくるはずだ。

初めて二人で行った場所に行きたがるなんて、感傷的なデートの最たるものだと思う。でも、私はそういうタイプの展開が嫌いじゃなかった。

初めて来た時は小学生で、私はまだまだ子供だった。ソフトクリームでべたべたと汚れた手で、先生が繋いでくれた。どう見えていたかなんて聞かずとも分かる話で、私達は親子か兄妹《きょうだい》にしか見えていなかったはずだ。

けれど、今の私達なら問題なく恋人同士に見えることだろう。年齢の差は少しも埋まっていないのに、私達は歳を取るごとに相応しい二人になっていく。

「それじゃあ何から乗る？」

「まずはジェットコースターからでしょう」

あの時の順番をしっかりと思い出しながら、私は言う。あの時買ってもらった服はもう入らなくなってしまったけれど、色だけは合わせて赤いワンピースを着てきてみた。昔に戻ったみたいだな、と笑う先生に向かって、私も微笑む。そうでなくちゃ意味が無い。

それから私達は、昔の自分達に本当に忠実に、デートを執り行った。ジェットコースター、メリーゴーランド、ミラーハウスに至るまで。ソフトクリームもねだったけれど、先生はもうそれをどろどろに溶かしたりなんかしなかった。指の一本も汚さずに、綺麗に食べる。

「手、汚さなくなったんですね」

「俺も大人になったからね」

「私も大人になりましたか？」

「なったんじゃない？　背も大きくなったし」

「それが大人になるってことですか？」

「さあ。本当は俺だってまだよくわかんない。梓ちゃんと出会った頃から、俺は何も成長してない」

コーンをカリカリとさせながら、先生が呟く。

「……今考えるとおかしいですよね。自殺しそうな相手に『迷惑だ』とか」

「いや、だって流石に本持って死なれちゃうのは困るでしょ。一応俺、駆け出しの小説家だったわけだし」

「あれはちょっと無しですよ」

私は先輩に言ったのとはまるで逆のことを言った。けれど、先生は悪びれることもなく「正解だったよ」と呟く。

「で、何でいきなりデート行きたいなんて言ったの？」

「別に、単なる気分転換ですよ」

「今までそんなこと一度もなかったのに？」

「本当は、先生のことを殺す計画を立ててたんです。やっぱりあの部屋だと隙が無いし、証拠も残りますし」

「悪くない計画だ」

私の言葉をどう受け取ったのだろうか。つまらなそうに伸びをしながら、先生が言う。

「前回のデートと全部同じじゃなくちゃいけないの？」

「そういうわけじゃないですけど」

「それじゃあ、今度はバンジージャンプとかもやろうぜ、うっかりで殺せそうだし」

「それ遊園地側の過失ってことになりませんか？」

「それはありそう」

高いところを利用して、というのならもっと適したアトラクションがあった。誰もそんなことをしようとは思わないんだろうけど、頑張れば一応外に出られる構造になっているし、ふざけていて落ちてしまった、という言い訳もバンジーよりはきくだろう。加えて、ここにはキャストの目も無い。

先生がその名前を口にしなかったのは、単に失念していたからだろうか。それとも、明るい内に乗るものじゃないと思っていたのか、あるいは、それなりに特別なものだという意識があったのか。

少なくとも私は、目の前のアトラクションを特別なものだと思っていた。散々遊んでの締めくくりに、ここを選ぶ程度には。

「ここに来たらおしまいだなと思ったので、あんまり乗りたくなかったんですけど」

観覧車を目前にしながら、私はそんなことを言った。陽はすっかり落ちている。今乗れば、きっと綺麗な夜景が堪能出来ることだろう。

「おしまいってなんでよ」

「だって、伏線回収じゃないですか？　私、未だにあの思い出をよすがに生きてるんですから」

「流石にどうなのって感じだけどね、その人生」

でもまあ、俺も似たようなもんだわ。と言いながら、先生がゴンドラに乗り込んだ。

私も後に続いて乗り込む。いつかは向かい合わせに座っていたけれど、今度は隣に座った。

「どっちかに偏るとゴンドラ落ちちゃわないかなってちょっと怖くなる」

「それはそれで面白くないですか？」

「何が面白いんだよ。バッドエンドだよ」

そう言いながら、先生はゆっくり私の指に自分の指を絡ませた。ごく自然な仕草。まるで恋人同士がやるそれは、数年前には絶対出来なかったことだ。

「先生の手、今日はちょっとぬくいですね」

「人間だもん。体温くらい変わるよ。梓ちゃんは昔に比べて冷たくなった気がする。大人になったからかな。昔は本当に子ども体温って感じで、傍にいるだけで熱かったもんね」

ゴンドラは徐々に高く上がっていき、いつぞやのような夜景が窓の外に現れてくる。随分長い年月が過ぎたはずなのに、窓の向こうの風景は驚くほど変わっていない。隣にいる先生だって、数年前と変わらない格好をしている。このゴンドラの中で、私だけが時間の流れに引きずられているみたいだった。

今日は生憎の曇り空で、星は一つも見えなかった。唯一弱い光を放っているのが雲の隙間の月だけれど、それだけじゃあまりに物足りない。夜景の方がずっと装飾過多だ。

「遊園地に連れてきて貰った時、凄く嬉しかったのを覚えてます。あの時、隣の人がお土産をくれてなかったら、ああして連れてきてくれることもなかったんだろうなって思ったら、なんだか運命的ですね」

「運命的かどうかわかんないけどね。結局お隣さん、いつの間にか引っ越しちゃったみたいだし」

「あれってやっぱり嫉妬だったんですか？」

小学生が聞くには相応しくない質問を、改めてしてみることにした。何せ今の私は女子高生。色々なところでラブロマンスの主役になっている魅惑の年齢だ。こういうませた質問だって、今ならちゃんと聞けるはずだった。

果たして、先生は真面目に言った。

「そうだよ。嫉妬」

「あ、やっぱりそうだったんですか。ありがとうございます」

私は素直にお礼を言うと、小さく頭を下げる。釣られて先生も小さく会釈を返した。その拍子に、綺麗にセットされた先生の前髪と、私の前髪が軽く触れ合う。先生があの時のように伸ばしっぱなしの髪をすることは、多分一生無いだろう。

「あの時、小学生を家に連れて帰るなんて犯罪だと思ってたのにな。でも、あそこで放り出したら本当にまた死んじゃいそうで」

「そうですね。先生は前科と引き換えに私を助けてくれたと」

「いや、本当そうなんだよな。いや、俺が悪いよ。その時はまだしも、今はね。色々と犯罪だわ」

その一言で限界だった。悪いジョークにあてられたように、私達は一頻《ひとしき》り笑い転げた。悪い冗談というのなら、この状況こそが悪いジョークに他ならない。

私達は兄妹のように見えていたし、親子のように見えていたし、今はきっと恋人に見える。けれど、本当はそのどれでもない、単なる共犯者に過ぎないのだ。その可笑しさといったら！

「でも、本当に大切だったんだよ」

「本当ですか？」

「本当だよ。君のこと滅茶苦茶可愛いと思ってたんだ。『あー、この子だけは俺にください』って、柄にもなく神様に祈ったりしてね。本当は、梓ちゃんがいてくれたらそれでよかったんだ、俺」

「本当ですか？　それ」

「本当だよ。いつか絶対わかるから」

先生はまるで予言者のような口調で言った。

「……そう言ってもらえると嬉しいです」

「信じてないだろ」

不服そうに呟く先生に、今度は私の方から唇を寄せた。かさついた唇が、私のものに触れる。

「私、先生のことが大好きなんですよ」

「奇遇だね。俺も梓ちゃんのことが好きだよ」

本当は殺したいくらいに思っているだろうに、先生はいけしゃあしゃあとそう言った。でも、その言葉だけで救われた。

ゴンドラを下りると、具合の悪いことに雨が降り始めた。あの曇り空なら仕方がない、とぼんやり思う。手近にあったテントに避難しながら、先生が冗談めかして言った。

「外は雨だよ。梓ちゃん」

「ここも外ですよ」

そう呟く先生は、やっぱり雨の似合わない人だった。

「先生、前に卒業祝いって体で私にキスしましたよね？」

「なんでそういう羞恥を煽るような言い方すんの」

「だから、何となく予想ついちゃったんですよ。中学卒業でキスが貰えるのなら、高校の時の卒業祝いって何なのかなって」

このまま二人で順当に生きていけば、きっと先生はそれをくれたはずだった。この人には理由が必要だし、私にはきっかけが必要だった。

それまで待っていてもよかったけれど、如何《いかん》せん、私達にはもう時間が残されていなかった。最後のお別れに求めるものとしてはベタ過ぎるかもしれない。その証拠に、展開を読んだ先生が、少しだけ顔を歪ませた。

「よければ先にお祝いもらえませんか？ ……きっと卒業しますから。……今日だけ」

先生は何も答えなかった。あの日星を見せてくれた時のように、黙って歩き出す。

23

先生は壊れ物に触れるように私のことを扱った。比較する対象がいなかったから正確なことはわからないけれど、優しい手つきには違いなかったと思う。

　雨に濡れながら入ったホテルは防音性に優れていて、部屋の中に入ってしまえば何の音も聞こえなかった。それが素直に嬉しかったのを覚えている。まるでシェルターのような部屋だった。

「これでとうとう犯罪者じゃん」

「いや、ずっと前から犯罪は犯罪だったので、今更ですよ」

「それ言われると弱いんだよな」

　先生の身体はどこもかしこも細くて、うっかりすると消えてしまいそうだった。皮膚の下に骨があるのがまざまざとわかる。外に出ることのない色の白い肌。先生の身体は一種の地図のようにも見える。骨が、血管が、筋が、皮膚の内側にあるのが、外側からも簡単に辿れてしまう。

「でも、大したことなかったですね」

「お、そういうこと言っちゃう？」

「もっと凄いことしてきたじゃないですか。だから、きっと変わんないですよ」

　ただ、思い出に残ったのも確かだった。最後に据えるには相応しい。

　ダブルベッドに寝転びながら、先生が目を閉じていた。そのまま、先生が言う。

「そうかもね」

その言葉に合わせて、私は先生の首にゆっくりと手を掛けた。痩せているとはいっても、相手はれっきとした成人男性だ。私の手では、指を掛けるだけでも精一杯だった。手のひらに伝わる呼吸が、規則正しい脈流が、私の呼吸を荒くさせる。やるなら、今しかない。

「……梓ちゃん?」

まるで何もかもから取り残されたような顔をして、先生がそう漏らす。それが何かの合図であるかのように、私は指先に思い切り力を込めた。痛む指に体重をかけて、全身で先生の首を絞めていく。

殺さないと。と言いながら更に力を込める。先生の顔が驚愕に歪む。その顔が見たくなくて目を閉じた。

その瞬間、私の身体は突然弾《はじ》き飛《と》ばされた。広いベッドの上に叩きつけられた私の身体に、今度は先生の方が乗り上げる。膝で身体を押さえつけられると、私はあっさりと動けなくなった。

「梓ちゃん。駄目だよ。そんなのじゃ全然死なない」

「……っひ、」

「人間なんてそう簡単に死なないんだよ」

先生は無表情で私のことを見降ろしていた。抵抗することなんて出来るはずがない。痩せてはいるけれど先生は立派な成人男性で、私は弱い女子高生でしかなかった。驚いた顔くらいは浮かべられていたかもしれない。でも、そのくらいで止まるなら、そもそもこんなことはしないだろう。

恐ろしいほど呆気《あっけ》なく、先生は両手に力を込めた。瞬間、息が出来なくなる。口から何の意味も持たない呻き声が漏れた。不器用な先生は、首を絞めるのに向いていないらしい。小説を書けなくなった指が、力任せに喉を圧迫する。

波打つ苦痛の中で、私は何だか泣きそうになった。どうしてこんなことになったんだろう？

恐らくはもう限界だったのだ。いや、とっくに限界だった。そうじゃなきゃ、私の原稿なんか使わなかった。『無題』は出版されたりしなかった。世間は思った以上に見る目がなかった。遥川悠真の作品と幕居梓の偽物はまるで違うのに、その二つの違いがどうしたってわからない。誰かが指摘してくれればよかった。気付いてくれたら救われたのに。

ぼろぼろと涙が出て来たのに合わせて、不意に先生が手を離した。派手に咳《せ》き込《こ》んで、危うくベッドから落ちそうになる。息を吸って、息を吐いて、崖際でじたばたともがくように、シーツをキツく握りしめた。

本物の殺意の濃度に、私は初めて触れた。先生はこんなものを抱えて生きていたのか、と思うとおかしい。この人はどこまでも器用な人なのだろう。……それを実感すると、別の意味で涙が出そうだった。

「ごめんね、冗談だよ」

先生は静かにそう言った。

笑えない冗談だった。それでも、先生が久しぶりに吐いた嘘に、私は黙って頷く。あともう少しだったのにな、と適当に思った。人を殺すのは難しい。

「っえぐ、っぐっ」

「うわー、マジで？　大丈夫？　や、ちょいやりすぎたかな」

先生が私の背を優しく撫でてくれる。鈍く痛む喉を押さえたまま、その手から逃れるようにベッドに戻る。少し遅れて、先生も戻ったけれど、もう先生は私に触れようとしなかった。寝室の中に、私が咳き込む音だけが響く。

涙目の視界に入った先生の首には、何の痕もついていなかった。そんなものだ。何も残らない。正攻法で行ったたって駄目だ。そんなことじゃ、先生は殺せない。

先生のことをここで殺してあげたかった。でも、もう無理だ。

「……先生、遥川先生……」

ようやくまともに喋れるようになってから、そう呟いた。掠れ声が先生の名前を呼ぶ。

「どうしたの」

「私、先生のこと神様だと思ってたんですよ」

「はは、何それ」

先生が笑う。ややあって、先生が言う。

「梓ちゃん。一つ聞いていい？　どうして小説なんか書いたの？　君がそんなことしなかったら、俺は梓ちゃんのことだけを好きでいられたのに」

「……先生のことを好きでいたかったから」

それが本音だった。

私がもし、何も無い先生でも愛せていたら。書けないなら逃げていいんだよと言えていたら。全部投げ出して一緒に逃げようと手を引いていたら、小説家を辞めた先生が下手くそな絵を描くのを赦せていたら。陶芸でも音楽でも田舎に籠もってのハッピーライフも、全部愛せていたら。

それら全ては過ぎた話だった。どこにもないハッピーエンドの話だ。

「先生の小説が、本当に好きだったんですよ」

私が好きだったのは、小説家である遥川悠真なのだ。子供っぽくてどうしようもなくて、気まぐれで出不精で、嘘みたいに綺麗な顔をしている。彼の書く小説は優しくて、その物語の奥底に流れているのは、先生自身が信じてきたものだ。

そんな先生だからこそ、私を引き留められたのだと思う。自殺しようとしている小学生に向かって「迷惑だから」なんて言える人間が他にいるだろうか？　いなかった、この世界には。

「俺も梓ちゃんのことが好きだよ」

先生が私を抱く腕に力を込める。それが嬉しかった。何も無かった幕居梓を愛してくれてありがとう。先生に出会えて嬉しかった。先に裏切ったのは私の方だ。

私達はそのままゆっくり眠って、シャワーを浴びて、明け方にホテルを出た。昨日サボってしまった分、今日は学校に行く予定だったからだ。それに、私は守屋先輩に会いに行かなくちゃいけなかった。

マンションの部屋に一緒に帰宅するのは何だか不思議な気分だった。思えば、一緒にここに帰ってくる機会自体そう多くはないのだ。

置きっぱなしの制服に袖を通して、学校に行く準備をする。先輩とは始業前に待ち合わせをしているから、意外と時間の猶予が無かった。いつも使っているノートパソコンも入れて、鞄を閉じる。

それから、台所を漁った。自分の分のコーヒーと、先生の分のパック入りミルクティーを入れる。なみなみと注いだそのミルクティーに、この間買った小瓶の中の液体をたっぷり入れると、何食わぬ顔で先生に尋ねる。

「今日、トークイベントなんでしたっけ、午後」

「そう。抽選で当たったファンと一緒にお茶しながら、質問に答えるやつ。スーツ着なくちゃいけないらしいから嫌なんだよね。アイドルかよ」

「小説家なんて殆どアイドルじゃないですか。はい、ミルクティーどうぞ」

「どこが？」

「努力だけじゃ報われないところとか」

先生は渡されたミルクティーを、疑うことすらなく一口飲んだ。それを見ながら、私は密かに息を呑む。

「私も行きたかったな」

「梓ちゃんはいつも俺と会ってるじゃん」

きっと、先生のトークイベントには平日にも関わらず沢山のファンがやってくるんだろう。その人達にとって、遥川悠真はやっぱり神様に等しいはずだ。

「ところで先生、そのミルクティーどうですか？　苦いとかないですか？」

「え、まさか変なもの入れてないよね？」

「変なものなんか入れてませんよ。少なくとも、先生には何の害も無いものです」

どうやら、味の面では何の問題もないようだった。神経質な先生が気にならないくらいだから、きっと気付かれることはない。

「それじゃあ私、行きますね」

「もう出るの？」

「ちょっとやることがあるんです」

私はポケットの小瓶を転がしながらそう言った。先生が笑う。

「それじゃあまた後で」

「はい。それじゃあまた」

我ながら最高の演技だったと思う。今生の別れだというのに、私は涙一つ流さなかった。

始業前の部室で先輩を待った。部室にあるコーヒーサイフォンを起動し、淹《い》れ終わった頃に先輩がやってきた。素晴らしいタイミングだ。惚《ほ》れ惚《ぼ》れするくらいに。

「おはようございます。守屋先輩はコーヒー飲めますか？」

コーヒーカップを片手に微笑む私に、先輩は少しだけ戸惑っているようだった。

「普通に飲めるけど。どうした？」

「そうですよね」

先輩は、ミルクも砂糖も使わず、私の淹れたコーヒーを飲んでいる。ブラックでコーヒーを飲めたからといってどういうこともないのだけれど、先生は絶対にしないだろうそれが、少しだけ好ましい。

「先生と話をしてきました。もう、遥川悠真のゴーストライターとして働くことはありません」

「……本当か？」

「本当ですよ」

先輩がコーヒーを飲んだことを確認してから、私は言った。

「だから、もうこんなことおしまいです。先輩、どこかにアポを取ってるんですか？」

先輩は某出版社の名前を挙げた。完全に信用したわけではないだろうけれど、ネタになったら儲《もう》けもの、程度には思われていたことだろう。

「証拠、まだ渡してないですよね？」

「……変に歪められた記事を書かれても困るだろ」

「先輩のそういうところ好きですよ」

「俺は遥川のことが赦せないけど、変に煽られた記事が書かれて欲しいわけじゃない。だからこそ、幕居に付いてきてもらえるのはありがたかった。変に歪んでない、本当の遥川悠真の話が出来るだろ」

「……そうかもしれませんね」

本当は先生のことなんか少しもわからないのに、私はそう言って頷いた。

「私、どうなるんでしょう」

「……大丈夫。幕居の実名は絶対に出さないように言ってある。その他も、絶対に俺が守る。支えになるから。……それが償いになるかわからないけど」

「ありがとうございます」

そう言って、私はサイフォンを元に戻す。中身のコーヒーが大分余ってしまったけれど、いいだろう。このくらいなら誰も疑わない。

「先輩、最後にもう一ついいですか？　ちょっと見せたいものがあるんです」

「……見せたいもの？」

「はい。こっちの……裏の校舎棟なんですけど」

「……わかった」

先輩は頷くと、私と一緒に部室を出た。早朝の学校には、朝練に励む運動部の掛け声が響いている。朝日を浴びて、空気がしんと澄んでいた。

その中で、先輩は明らかに体調を崩しているようだった。けれど、まだ気が付いていない。走っているだろう寒気も、舌の痺《しび》れも、覚束《おぼつか》ない足取りも、何に由来しているのかわかっていないだろう。

きっと、先輩が気が付いたのは、階段手前で私に背中を押された時だ。いつもだったら踏みとどまっていただろうその身体が、ゆっくりと階段を転げ落ちていく。

「ごめんなさい。……死んでください」

踊り場に叩きつけられた先輩は、もう声も出ないようだった。痛みと混乱が見ている傍から伝わってくる。

人通りの少ない階段だ。加えて早朝。見ている人間は誰もいないし、誰一人先輩を助けてくれる人はいない。予定では、ここから呼吸困難や意識の混濁が始まる予定だ。

先輩の頭からじんわりと血が滲んでいく。

「味、しなかったでしょう？　全部飲んでくれてありがとうございました」

「……あ……」

「瓶の中身は全部使ったんですけど、効くでしょう？」

私は茶色い小瓶を取り出しながら言った。ラベルには『蕎麦の葉エキス』という素っ気ない文言が記されている。

私は合宿の資料のお陰で、守屋先輩が重度の蕎麦アレルギーであることを知った。女である私が守屋先輩を殺す為には、何かしらの対策を講じなければいけなかった。そして私は、先輩のアレルギーを利用することを思いついたのだ。

このエキスは蕎麦が嫌いな先生ですら存在に気付かないような代物だった。先輩も臭いや味で気付くことなく、ちゃんと全部飲み干してくれた。

まさか私が殺意を抱いているなんて。先輩は想像すらしていなかったはずだ。私も、私の執着の強さに驚いている。

最後の最後で、私は自分の勘違いに気が付いたのだ。私は先生に執着していた。死んで欲しいなんて嘘だった。私は先生に、どんなことがあっても生きていて欲しかった。

「幕、居……」

「……大丈夫です。私だけ幸せになろうなんて思ってませんから」

自分でも驚くほど優しい声が出た。そして、踵《きびす》を返《かえ》して階段を下りていく。もう時間が無かった。

死のうと思った。言葉にすればどれだけ陳腐なことだろう。けれど、意味がある。私は全てを清算して、遥川悠真を守らなければいけなかった。

先輩を殺した後、私は急いで駅の近くのネットカフェに入った。個室を取って、中に入る。そして、この文章の仕上げにかかった。今までのことは少しずつ書き溜めていたから、私が書くべきなのは二人で行った最後のデートから、守屋和幸を殺したところまでだ。

そこまで綴り終わった頃には、昼過ぎになっていた。先生のファンミーティングは午後二時からだったので、それなりに焦る。文章におかしいところがないかをチェックして、もう一度だけ感傷に浸る。ここまで書いてきたのに、未だに何がいけなかったのかわからない。私は、自分なりに必死にやってきたのだ。

後悔なんかしていなかった。後悔なんかできるはずがない。私の人生は、本来踏切で終わっていたのだから。

あの部屋が私の救いだった。あの部屋が、私の全てだったのだ。

……私の小説はここで終わりです。ここから先は、単なる蛇足でしかありません。先生、読んでくれましたか。私の最後の作品を。私のやってしまったことを。私のやらなかったことを。

この文章を先生が読んでいる時には、私はもうこの世にはいないでしょう。こんな月並みでつまらない文章を自分が書くことになるなんて想像もしていなかった。けれど、得てして人生はそういうものなのかもしれません。

先生の部屋から睡眠薬を貰ってきました。先生は気付いていなかったかもしれませんが、本当はたまに貰っていたんです。今回は瓶ごと持ってきてしまいましたが、最後だから赦してください。私の体重から計算すれば、この量の睡眠薬で十分に死ねるはずです。この一瓶で十分足りるはずです。

早々に死を選んだ理由ですか。今日でなければいけない理由がどこにあったか？

勿論、理由があります。

もし、私と遥川先生の繋がりが明らかになって、先生に疑いの目が向くことになったとしても、今日の先生には確固たるアリバイがあります。

トークイベントで衆人環視の状態にいた先生のことを疑う人なんか誰もいない。だから、これを先生が読む頃には、私はもうこの世にはいません。

凄く寂しいし、先生にもう会えないのは辛いけれど、赦されないことをしてしまった以上、仕方がないことです。

多分、先生も迷惑だろうと思います。今まで苦しめてばかりですいません。先生に会えて本当に幸せでした。だから、私はここで舞台を降ります。これが本当に最後です。

こうして小説の形で言葉を残そうとしたのは、あの日のお詫《わ》びでもあります。私が踏《ふ》み躙《にじ》ってしまった『部屋』。せめてそれを形にしたいと思ったんです。身勝手な話ですいません。この小説は、先生のプロットに見合うだけの物語になっていたでしょうか？　あのプロットとはまるで違った結末になってしまったから、やっぱり先生は気に入らないかもしれませんね。

先生はお世辞だと言って笑っていたけれど、私は先生の書く小説が好きでした。先生の小説が無ければ、きっと私はもっと早くに死んでいた。

先生の小説が書きたかったのは、結局のところ、死んだ人間が残された人間に何を残すことが出来るかってことだったんでしょう？　死んだら終わりだなんて、あまりにも寂しいじゃありませんか。そんな終わりが納得出来ないから、先生は小説を書いていたんでしょう？

だから、私がいなくなっても、先生だけは生きてください。私がいなくなっても、残せるものがあると信じたい。


　全てを読み終わったら、この小説を削除してください。

私は、先生の小説を守る為に死のうと思います。

遥川悠真の小説で人が死ぬ。何て鮮やかな伏線回収でしょうか。あの時の踏切を、私は今こそ踏み越えます。

結局、結末は変わりませんでした。けれど、意味は違うと信じたい。先生、私は遥川悠真を返します。後のことはお願いします。


　どうか、遥川悠真を殺さないでください。

＊

幕居梓の遺《のこ》した文章はそこで終わっていた。

この文書を読み終えた三十二分後、とある無人駅で、一人の男が列車に飛び込む事故が起こった。駅員の通報により事故が発覚。その後、その男が失踪した遥川悠真であることが、所持品と服装から明らかになった。

遥川悠真の自殺が明らかになった後、一行は署にとんぼ返りすることになった。捜索対象の死亡。後味の悪い結末ではあるが、もう探す必要は無い。

「列車、通過のやつだったので、スピード全然落ちなくて。死体、酷い有り様だったらしいですけど。遥川の奴、財布とスマートフォンをホームに置いていたんですよね。飛び込む前に。人がいない駅ですから、止める人間もいなかったみたいで」

それなのにあの男は、死に際に靴を脱ぐような真似はしなかったのだという。その点が、なんだか少し気にくわない。けじめというよりは、単に自分が死んだことを知らせたかっただけなのだろう。本当に独り善がりな男だ。

「……幕居梓がやったことへの罪悪感でしょうか？」

「まあ、そうなるだろうな」

幕居梓による『部屋』を読んだ遥川は、きっと酷く取り乱したに違いない。生活感の無い冷めた部屋が滅茶苦茶になっていたのがその証《あかし》だ。幕居梓があの中で言っていた通り、遥川さえ取り乱さなければ、明らかにならない話だった。守屋和幸と幕居梓が死んでしまえば、もう誰も秘密を語る人間はいない。

その重圧に耐え切れなかったんだろうか。人間らしいといえば人間らしいけれど、それはちょっと、単純が過ぎる。

「気になることがあるんです」

「何だ？」

「どうして遥川悠真はこの小説を消さなかったんでしょうか？」

「は？」

「だって、こんなの、致命傷じゃないですか。……裏付けが取れて、この小説が事実だと発覚したら、何もかも終わりじゃないですか！　遥川が書いた作品は幕居梓が書いたものだって明らかになって、それで……」

罪悪感に囚《とら》われただけなんだとしたら、『部屋』を消してひっそりと死を選ぶべきだったんじゃないか？　別に予定をすっぽかして、派手に失踪してみせる必要は無い。

この部屋で、この近くで、ひっそりと死ぬだけでよかった。人気小説家の突然の死は様々な憶測を呼ぶだろうが、この文章さえ残っていなければ、その理由は謎のままだったはずだ。

これじゃあまるで、わざと注目を集めて死んだみたいじゃないか。

そんな疑問に対して、彼はあっさりと言った。

「だから残したんだろ」

「どういうことですか？」

「怖かったんだよ。死にたくもなかったんだろうな。いくら罪悪感を抱いたって、人間ってそんな強くなれねえんだよ。話の中に出てくる遥川を見て、お前はどう思った？　神様でもない普通の人間だろ。人間、そう簡単に死ねるもんじゃないんだよ。もし遥川の奴が土壇場で怖気《おじけ》づいても、これさえ誰かの目に触れれば、小説家としてのあいつは終わりだ。だからこれは、保険ってこった」

「保険……」

「失踪事件ってことになったら警察の手が入る。荒れた部屋の中で唯一残った鍵のかかってねえパソコン。その中にこれ見よがしに入ってる『部屋』。読まれねえはずがねえ。そうしたら、幕居梓のやったことも明らかになる。事件発覚だ」

「……そんな」

「まともでいられなかったんだろ。遺書みたいなもんだ。幕居梓が死んだことで、遥川悠真は全部終わらせる決断をしたんだ」

人間の心は弱い。上手く死ねないかもしれない。誰よりも人間的な遥川悠真は、それを何より恐れた。だから、こんな派手なパフォーマンスをしたのだ。轟音《ごうおん》を立てて走ってくる列車に磨《す》り潰《つぶ》される恐怖を、幕居梓の小説で抑え込んでみせた。

「幕居梓が遥川悠真を殺したんだよ」

彼は、そんな言葉で締めくくった。

神様の断頭台だ、と思う。さっき読んだ『部屋』に引きずられているのだろう。けれど、遥川悠真は神様なんかじゃなくて人間で、彼を殺したのは断頭台じゃなく何の変哲も無い列車でしかなかった。

それだけの話だ。

＊

ベッドの上で上半身を起こす幕居梓を見た時、彼は少しだけ身構えた。別に何をしてくるわけでもない、普通の女子高生だというのに、同じ病室にいるのが怖かった。

これも物語の力だろうか？　と思う。あの小説を読んでしまった所為で、目の前の少女が得体の知れないものに見える。

「警察の方ですか？　初めまして、幕居梓です」

「いきなりすいません。先に説明されてたかもしれませんが、一課の者です。体調の方は大丈夫ですか？」

「何だか、お医者さんが過剰に心配するんですよ」

幕居梓が昏睡から目覚めて一週間が経った。遥川悠真が死んでから二日後、入れ替わるように意識を取り戻したのだ。発見されたのが遅かったものの、こうして見ている分には大丈夫そうだ。

「今日は正式な取り調べじゃありません。安心してください。殆どプライベートみたいなもんだ……といったら問題ですかね。一つ、貴女《あなた》に直接聞きたいことがあったんです」

「どうぞ」

「『部屋』は本当のことですか？」

「そうですよ」

　果たして、幕居梓はあっさりとそう言った。

「その為に、幕居さんは守屋和幸の殺害を目論み、自殺未遂まで引き起こしたと？」

「そうですね」

　あまりにも淡々とした態度が、やっぱり何だか恐ろしかった。あの中にあった激情も執着も、今の幕居梓には見られない。それほどまでに強固な意志で為《な》された、たった一つの犯罪が恐ろしかった。

「ストックホルム症候群」

　刑事の言葉を先取りするように、梓は小さくそう呟いた。

「皆同じことを言うんですよね。診断なんだから、そこで違うことを言われちゃいけないんでしょうけど。同じことを言うからびっくりしました」

　悪戯っぽく微笑む梓は、あの壮絶な物語に少しも似つかわしくない穏やかな顔をしている。ややあって、その顔のまま梓が言った。

「そうか。あの人、死んだんですね」

「幕居さん。……馬鹿な気は起こさないでくださいよ」

「あれ以上馬鹿なことはもう起こせないですよ」

　その通りかもしれなかった。

遥川悠真は『部屋』を各出版社に丁寧に送り付けていた。それも極めて冷静な文面で。まるで単なる新作小説であるような顔をして！　裏側にあるものを知らなければ、あれは単なるフィクションでしかない。幕居梓の存在と、遥川悠真の華々しい自殺が、それを裏付けにしてしまった。

そこから先は言うべくもない。

『あの繊細な表現は女性作家にしか出来ないと思ってましたよ』という不躾な質問から『別名義でのご執筆の予定は？』という無粋な仕掛け人まで、幕居梓の元には様々なものが寄せられた。一介の入院患者でありながら、彼女が厳重に隔離されているのはその為だ。

今やテレビもインターネットも遥川悠真の話題で持ちきりだった。これからしばらく、彼の存在は曲解されて、拡散されて、面白おかしいエンターテインメントとして昇華されていくことだろう。けれど、それらの顚末《てんまつ》にすら、彼女はまるで興味がなさそうだった。世紀の詐欺師とも、行き過ぎた芸術性を宿した天才とも呼ばれる遥川悠真に対して、彼女は何一つアクションを起こさなかった。

「私は罪に問われるんですか？」

ややあって、彼女はそれだけ尋ねた。

「それが、正直相手方が……」

「また何か進展があったら教えてください。私はどんな罰でも受けます」

梓は少しも動揺することなく、穏やかに言った。

＊

別の病院に入院中とは聞いていた。当然、実際に彼を訪ねることは叶わない。梓は今やある種の時の人だったし、相手はそんな自分の致命傷だ。

けれど、その為に通信機器は発展を遂げたのだ。入院してから数日経って、ようやく梓はその番号に電話を掛けることが出来た。数秒も経たない内に、目当てと繋がる。

『……幕居』

「守屋先輩。その節は、申し訳ありませんでした」

梓は深々と頭を下げた。電話越しで見えないけれど、そうせずにはいられなかった。

一言でいえばミスだった。それも、致命的なミスだ。

階段から落ちて肋骨《ろっこつ》を四本、右大腿骨《だいたいこつ》を一本折り、頭蓋骨にヒビを入れた守屋和幸は、重度のアレルギー症状に苦しみながらも一命を取り留めた。人を殺そうと思うなら、ちゃんとトドメまで刺すべきだった。一人、吹奏楽室に忘れ物した奴がいたとかでさ。あの階段通ったんだ』

『運が良かったよ。

「私にとっては悪運でした。なんであの時、ちゃんと殺せなかったんでしょう」

『そう言うなよ。……人間そう簡単に死んだり殺せたりしないんだって』

守屋は、何かを納得するかのようにそう呟いた。そして、言外にこうも言っている。

――だからこそ、遥川悠真はノートパソコンを壊さなかったんだろう？

『まさかあそこまでされるとは思わなかったよ。お前、ちょっと怖い』

「孤島でのミステリーが好きだったんじゃないんですか？」

『あそこ孤島じゃないだろ』

「ですよね」

孤島や吹雪の山荘じゃなくとも殺意は牙を剝くものである。およそ殺人事件とは無縁そうな二人が間接的に殺し合わなくちゃいけなかった巡り合わせ！　それでも、お互いにこうするしかなかったのだということが、痛いほどわかってしまう。果たして、守屋先輩にも病名は付くのだろうか？　と、梓は頭の片隅で思った。

「……でも、本当にごめんなさい。赦されることじゃないとは思っています。先輩が訴えるのなら、私はちゃんと罪を償います」

『いや、責めるつもりはない。俺も、自殺未遂を引き起こすまで幕居を追い詰めたんだ。お相子』

「お相子に出来るような問題でもないのに」

『それに、こうも思うんだよな』

「何ですか？」

『……どんな罰を受けたとして、お前は欠片も後悔しないだろ？』

守屋は何の衒《てら》いも無くそう言った。梓の方も静かに頷く。たとえ時間が戻ったとしても、自分は同じことをするだろう。

「でも、やっぱり過大評価ですよ。あんなの自殺未遂とも呼べません。それ以前の問題です」

『過剰摂取だっけ？』

「……先生が飲んでいた睡眠薬を、瓶ごと奪って飲んだんです。元々、眠れない時に、先生に内緒で勝手に飲んでたんです。気付かれないだろうと思って」

だからこそ、梓はそれを選んだのだ。ちょっとした意趣返しのつもりだった。子供っぽい意思表示と呼んでもいい。気付いてもらえないのが悔しくて、随分恥ずかしい真似をした。

「でも、この睡眠薬が罠《わな》だったんですよ」

『罠？』

「瓶の中身、半分は睡眠薬だったんですけど、半分は単なるビタミン剤だったんだそうです。だから、助かっちゃいました。気付かれてないと思ってたんですけど、ちゃんとわかってたんですね。でも、いきなりそれを止めたり、睡眠薬自体を隠したりしたら私が反発すると思って、こっそりビタミン剤を混ぜてたみたいなんです」

結局のところ、全然良い大人じゃなかったのだ、と一人思う。迷惑だと言ったあの夕暮れも、帰り際に摑まれたランドセルの感触も、一々遠回し過ぎるのだ。あの先生は、どんな気持ちで瓶の中身を入れ替えていたんだろうか。直接注意してくれはしない彼の遠回しな意趣返し。先生らしい、と梓は小さく呟く。

『……何だよそれ』

「そういう人なんです。ビタミン剤を混ぜられてた所為で、こっそり私は健康になっていたかもしれない」

梓は小さく笑った。

「その所為で、全然致死量に達してなかったんですよ。意識を失うのが関の山です。

その所為で、まんまと生き永らえました。……先生は死んだのに」

死んだ、という言葉を口にする時、もう少しつっかえると思ったのに、意外なことにその言葉はすっと外に出てきた。

「私達、結局何も出来ませんでしたね」

『そんなことない』

「そうですか？」

『何も起きなかった、なんてことはない。俺はちゃんと手に入れたよ』

そう言う守屋の声は、なんだか泣きそうだった。それでも、声色の奥底に隠し切れない暗い愉悦がある。

『俺は遥川に死んで欲しかったから。目的は達成したよ』

「……そうですか」

『気に入らなかったんだ。死んでくれてよかった』

何の衒いもなく、守屋が言う。その態度があんまり正しくて、どんな顔をしていいかわからなかった。

「私、文芸部辞めますね」

『部長を殺そうとしたんだから、流石に懲戒免部だろ』

「そうですよね」

『そうだろ』

そう言って、守屋が笑う。

「誘ってくれてありがとうございました。嬉しかったです」

『いいよ。なあ、また小説書くか？』

「まだわかりません」

そう言って、梓は電話を切った。そのまま、番号も削除する。

きっと、どこかで再会しても会話すらしないだろう。会釈だってきっと出来ない。

普通に出会いたかった、と梓は思った。普通なんてどこにもなかった。

私は小説を書いてみたかったのかもしれない。合宿だって行きたかったのかもしれない。あの部室で、小説の話をしてみたかったのかもしれない。そう、今更思う。けれど全ては過ぎた話だった。

病院のスリッパをぺたぺたと鳴らしながら、なんだか酷く、帰りたい気持ちになった。ぼんやりと病室で過ごしながら、黙って夜を待つ。

そして梓は、消灯後の病室から一人で抜け出した。足音が鳴らないように裸足《はだし》で廊下に出て、ひたすら上を目指す。目立ってはいけないと思っているのに、逸《はや》る足が止められない。息を荒げながら屋上に辿り着くと、梓はいつかのように上を見上げた。

そこには、あの日見たのと同じ星空が広がっていた。いや、違う。季節は夏になっていた。あの日とは違って、今なら夏の星が見えるはずだ。

けれど、どれが夢見た星なのかすら、彼女には分からなかった。どの星も三角形になんか見えなかった。広がる星空は小説の中に描かれていたものや、あの日二人で見たものよりずっと褪せて見えた。

彩度の低い空に向かって、一心に手を伸ばす。

会いたいと思った。帰りたいと思ったし、戻りたいと思った。

その時初めて、それらの全てが叶わないのだと知った。

＊

迷惑極まりない話だけれど、某無人駅は数年経った今でも妙な賑《にぎ》わいを見せている。

なんでも、遥川悠真の聖地巡礼と称して、今でも人知れずやってくる人間がいるらしい。この駅に来れば文才に恵まれるとか、実際は悪霊に妬まれて文才を奪われるとか。

そういう月並みな噂が今でも流れている。死んでなお、遥川悠真は悪い意味で目立っていた。

駅の片隅に花が供えられている。その周りには遥川悠真の著作も数多く供えられていた。読まれる為の本なのに、それはまるで墓石の代わりのように置かれていた。それが梓には、なんだか少し寂しい。小説は誰かに読んでもらう為にあるのだ。確かにその本は装丁からして綺麗だけれど、中身はもっと美しい。誰かを救う為の物語なのだ。

とはいえ、梓以外に今日の客はいない。ここは元より閑散とした田舎の一駅でしかないのだ。こんな平日の真昼間に誰かがいるところじゃない。

「先生」

梓は小さく呟く。返事は当然ながら無かった。

あの人が死んだ時もこんな風だったのだろうか？　どうにか痕跡を探そうとするけれど、そんなものはどこにもない。

ところで、遥川悠真に関する噂の中で、今もまことしやかに囁かれていることがある。

飛び込み自殺を果たした遥川悠真の死体は電車に轢《ひ》かれて、それはもう無残な肉塊になったそうなのだが、バラバラになった彼の死体の中で、未だに頭部が見つかっていないのだという。まさに、小説家に似合いのわかりやすいオカルトだった。装飾過多だと言っていい。何処かに吹っ飛んでしまった麗しの小説家の頭部は、この山間のどこかにあるのだろうか。

それを聞いた時、梓は反射的に思った。それなら、もしかすると先生は生きているんじゃないか、と。

ミステリーにおいて、首切り死体は単なる派手な装飾ってわけじゃない。被害者を誤認させる為の冴えたテクニックとして作用しているのである。首さえ見つからなければ、その死体が誰であるかを明らかにすることは難しい。いくらでも言い訳がきいてしまうのだ。

回収された遺体は、果たして本当に遥川悠真のものだったんだろうか？　DNAと現代の技術がそれを声高に主張していても、梓は少しだけ疑ってしまう。希望と言い換えてもいいかもしれない。何せ、彼女が最後に見た遥川悠真は、優雅に微笑む美しい男だった。その彼が、のうのうと生きていない保証がどこにある？

梓は息を吐いて、もう一度辺りを見渡した。利用人数が少ないのだろう。ホームには梓の外には誰もいない。寂しい駅だ。降り注ぐ日差しは遮られることすらなく降り注いで、辺りを煌々《こうこう》と照らしている。こんな見晴らしのいい場所にトークイベント用のスーツを着た人間がいたら、きっと相当目立っていたことだろう。その影を、一人で思う。

わかっている。こんなのは単なる願望だった。祈りと言い換えてもいいかもしれない。一人で寂しく死んでしまった彼のことを、心のどこかで諦められない。こんなのは単なる執着だった。

心のどこかで思っていた。——一時の感傷で死ぬなんて馬鹿みたいだ。私が死んだくらいのことで全部を投げ出そうとするだなんて馬鹿げている。それが単なる罪悪感であってくれたらいい、と思う。だって、愛とか恋とかってそういうことじゃないでしょう？

先生を殺したのが私だなんて信じられない。

神様の断頭台を望み続けていた私が、それになれたのだとは思えない。

君が一番大事だとか、何を失っても構わないとか、自分がどうなってもいいからだとか、そんな惹句《じやっく》は単なるお世辞であるべきだった。それなのに、遥川悠真はそれらの言葉に物凄く真摯だった。

幕居梓は切に思う。先生がここにいて欲しい。あの日みたいに迷惑だって言って欲しい。こんな話が聖書であったはずだ、と梓は心の中で思った。確か、悪魔に誘惑されたかの聖人が、屋上から飛び降りろと唆されるのだ。もし神がお前を愛しているのなら、きっと引き留めてくれるだろうと。その話の結末は、一体どうなったんだっけ？

運転間隔が広いこの駅には、電車が殆《ほとん》ど停まらない。電車が一時間に一本通ればいい、不便な駅だ。だからこそ、先生はここを選んだのだろう。

視界の端に、黄色い電車のシルエットが見えた。ヘッドライトを点けたその電車は、この駅には停まらない。人間一人を簡単にバラバラに出来るスピードで、電車がこちらへ向かってくる。

それを確認してから、梓はそっと黄色い線を踏み越えた。遥川悠真が踏み越えた一線でもある。彼は一体、どんな気持ちでこの線を越えたのだろう。想像することしか出来なかった。それだけが、幕居梓に出来る唯一のことだった。

ホームの淵《ふち》に立って、轟音を立てて走る電車を待つ。もう一歩踏み出せば、きっと同じ結末を迎えられることだろう。

引き留めてくれる声は無かった。当然の話だ。

浅く息を吐きながら、梓はいつかの言葉を思い出した。桜が舞う卒業式の中で、だらしなくスーツを着た遥川悠真が微笑む。

『俺はお前を、』

あの時の感情を、どう表現したらいいだろうか。今ならきっと、言えるのかもしれない。信仰でも執着でも無い、第三の感情を、もしかしたらあったかもしれない、もう一つの可能性を。

列車は殆ど間近に迫っていた。あと数秒でホームを通過する。思い出の中の彼が言う。引き留めてくれる誰かはまだ来ない。触れられる距離まで、黄色い車体が近づく。

引き留めてくれる相手はまだ来ない。

『――見てるからね』

列車が来る。

（了）

あとがき

お世話になっております、斜線堂有紀《しゃせんどうゆうき》です。

「才能を愛された人間は、その才能を失った後にどうすればいいのか」あるいは「誰かを神様に仕立ててしまった人間は、変わりゆくその人とどう向き合えばいいのか」の話でした。誰かが誰かを救おうとした時に発生する救済の責任の話でもあります。感情の為《ため》に最適解が選べない人間の話でもありました。余談ですが、この作品は元々『神様の断頭台』というタイトルでした。遥川があああいう結末を迎えたのも、それを由来としています。梓を殺せていたら、きっと神様のままでいられた人間の話なんだと思います。

それはそれとして小説が好きです。

今回も担当氏含む沢山の方々にお力添え頂きました。素敵なイラストを添えてくださったくっかさん、原稿が大変な時にドイツ語の課題を手伝ってくれたTさんに格別の感謝を申し上げます。

最後になりますが、こうして著作をお手に取ってくださった皆様、応援してくださっている方々へ重ね重ね御礼申し上げます。私が小説を書けるのも皆様のお陰です。これからも精進して参りますので、何卒《なにとぞ》よろしくお願い致します。

斜線堂有紀

本書は書き下ろしです。

◇◇メディアワークス文庫
私《わたし》が大好《だいす》きな小説家《しょうせつか》を殺《ころ》すまで

斜線堂有紀《しゃせんどうゆうき》

2018年10月25日　初版発行
2025年5月30日　25版発行

発行者　山下直久
発行　株式会社KADOKAWA
〒102 - 8177　東京都千代田区富士見2 - 13 - 3
0570-002-301（ナビダイヤル）
装丁者　渡辺宏一（有限会社ニイナナニイゴオ）
印刷　株式会社KADOKAWA
製本　株式会社KADOKAWA

●お問い合わせ
https://www.kadokawa.co.jp/（「お問い合わせ」へお進みください）
※内容によっては、お答えできない場合があります。
※サポートは日本国内のみとさせていただきます。
※Japanese text only

※定価はカバーに表示してあります。

Printed in Japan
ISBN978-4-04-912111-7 C0193

メディアワークス文庫　https://mwbunko.com/

本書に対するご意見、ご感想をお寄せください。

あて先
〒102-8177　東京都千代田区富士見2-13-3
メディアワークス文庫編集部
「斜線堂有紀先生」係

◆◇◇